요 도 김남재 신무협 장편소설

ORIENTAL FANTASY STORY & ADVENTURE

dream
books
드림북스

마왕 17

초판 1쇄 인쇄 2018년 4월 23일
초판 1쇄 발행 2018년 5월 4일

지은이 요도 김남재
발행인 오영배
기획 박성인
책임편집 이대용
표지 · 본문 디자인 권지연
일러스트 나래
제작 조하늬

펴낸곳 (주)삼양출판사 · 드림북스
주소 서울시 강북구 도봉로 173
대표 전화 02-980-2112 **팩스** 02-983-0660
편집부 전화 02-980-2116 **팩스** 02-983-8201
블로그 blog.naver.com/dreambookss
출판등록 1999년 3월 11일 제9-00046호

ISBN 979-11-283-9285-6 (04810) / 979-11-313-0507-2 (세트)

드림북스는 (주)삼양출판사의 판타지 · 무협 문학 브랜드입니다.

마왕
17
요도 김남재 신무협 장편소설
ORIENTAL FANTASY STORY & ADVENTURE
dream books
드림북스

목차

1장. 늦은 후회

― 말했지?

이곳 거처에 들어선 지 하루도 지나지 않아 기습을 당했을 때부터 이미 소운학이 배신했다는 사실은 기정사실과 다름없었다.

그렇지만 막상 적들 틈에서 그가 모습을 드러내자 환야는 씁쓸함을 감추기 어려웠다.

환야가 머리를 쓸어올리며 중얼거렸다.

"하, 이거 제대로 한 방 먹었네."

그런 그를 향해 말을 걸어온 것은 서륜의 수장인 탁천세였다.

그가 환야의 모습을 살펴보며 입을 열었다.

"살아 있다는 말을 듣고도 믿기 어려웠는데…… 그 재수 없는 얼굴을 보니 환야가 분명하구나!"

살기를 터트리는 상대를 보며 환야가 시큰둥하니 말했다.

"오랜만입니다."

"뭐야 그 말투는?"

예전보다 훨씬 공손해진 말투에 당황스럽다는 듯 탁천세가 물었다. 그러자 환야가 여전히 퉁명스레 말을 이었다.

"나이 드실 만큼 드셨으니 이 정도는 해야죠."

"변했다더니 그 말이 사실이로군. 예전하곤 많이 달라졌어. 많이 착해졌군."

중얼거리는 탁천세를 보며 환야가 픽 웃으며 물었다.

"그렇게 봐주신다면야 저야 고맙죠. 그럼 착해진 김에 서로 나이도 먹었는데, 원한 같은 건 접고 어른답게 대화로 풀면 어떨까요?"

환야의 말에 탁천세가 침을 탁 하고 내뱉으며 말했다.

"그건 싫고. 네놈이 내 배에 낸 상처가 비만 오면 욱신거려서 말이야. 네놈을 찢어 죽이기 전까지는 이 상처가 계속해서 신경 쓰이거든. 마침 오늘도 비가 오는 바람에 네 생각이 났는데…… 이렇게 다시 보게 될 줄은 몰랐군그래."

말로 해결할 생각이 없다는 뜻을 내비친 탁천세였지만

환야 또한 그럴 줄 알았다는 듯 덤덤하니 고개를 끄덕였다.

애초에 좋게 대화를 풀어 나갈 인물이 아님을 잘 알았다.

그렇지만 자신이 변한 것처럼 십 년이 넘는 긴 시간이 그를 바꾸어 놓았기를 바랐지만…… 역시나 그건 힘든 일이었던 모양이다.

"하아, 결국 끝을 봐야겠다 이거로군요."

말을 마친 환야가 힐끔 혁련휘를 바라봤다.

대화로 풀어 보려 했지만 상대에겐 그럴 생각이 눈곱만큼도 없어 보였다.

그리고 그런 환야와 같은 생각을 했는지 혁련휘는 고개를 끄덕였다.

싸울 준비는 처음부터 끝나 있었다.

환야는 곧이어 탁천세의 뒤편에 있는 소운학에게 말을 걸었다.

"그나저나 충격이네. 네가 탁천세 아래로 들어갔을 줄은 몰랐거든."

한때 환야와 함께 탁천세의 세력과 싸워 왔던 소운학이다. 그랬던 그가 지금 그의 뒤편에 있는 모습이라니…….

소운학이 말했다.

"긴 시간이 흘렀으니까."

"나한테 변했다고 했을 때 넌 그대로라고 생각했었거든?

그런데 아니었네. 너도 나처럼 변한 모양이야."

"당연하지. 시대에 역행하는 건 어리석은 놈들이나 하는 짓이거든. 네가 떠나고 더 싸울 힘이 남지 않아서 어르신의 아래로 들어가겠다고 청했지."

도와주지는 못할망정 설마 자신을 팔아넘길 거라고는 생각도 못 했다.

환야와 소운학, 그리고 나머지 한 명이었던 막위까지. 셋 모두 탁천세의 패거리와는 지겹도록 싸워 왔다.

당연히 소운학 또한 탁천세와 사이가 좋지 않았던 건 당연했다.

그랬기에 환야는 이해가 안 된다는 듯 말을 이었다.

"막위 그 녀석 성격상 절대 탁천세 아래로 들어가진 않았을 텐데."

"맞아. 네가 떠나고 내가 탁천세 어르신 아래로 들어가자고 하니까 놈이 반대하더군."

자연스레 이어지는 소운학의 대답.

그런데 그 말을 듣고 있던 환야의 얼굴이 갑자기 일그러졌다.

오 년 전쯤 죽었다던 막위의 죽음에 대한 의문이 솟구친 탓이다.

환야가 힘겹게 입을 열었다.

"설마…… 네가 죽인 거냐? 그건 아니지?"

제발 그것만은 아니길 바란다는 듯이 말해 오는 환야를 향해 비웃음을 머금은 소운학이 대답했다.

"어쩌지? 또 네 기대에 부응한 것 같은데. 네 예상대로 내가 막위 그놈의 숨통을 끊었어. 그래야만 어르신 아래에서 내가 새로운 삶을 살아갈 수 있었으니까."

"소운학! 이 미친 개자식이!"

버럭 소리를 내지르는 환야의 눈동자가 붉게 물들었다.

분노를 토해 내는 환야를 향해 소운학이 어깨를 으쓱했다.

"뭐 문제 될 게 있나? 자하도의 법칙이잖아. 약육강식, 강한 자가 모든 걸 가진다. 그리고 난 그 강자의 편에 서고 싶었거든."

"……."

환야는 이를 악물었다.

분명 그것이 자하도의 법칙인 것은 맞다. 그렇지만 막위와 소운학 둘은 어릴 때부터 함께 커 온 지기라 들었다.

그런 지기를 죽여 놓고도 소운학은 일말의 죄책감이나 부끄러움 따위 느끼지 않는 모양새였다.

환야가 이를 갈며 비수를 쥐고 있는 그때였다.

혁련휘가 강하게 발을 굴렀다.

쿠웅!

갑작스럽게 울려 퍼진 소리에 탁천세와 소운학은 물론이거니와 숨어 있는 서륜의 무인들의 시선까지 혁련휘에게 집중되었다.

혁련휘가 말했다.

"한심한 놈이군."

"뭐라고?"

"자신의 힘도 아닌 남에게 빌붙기 위해 그런 일을 벌이다니. 그렇게 얻은 힘이 천년만년 갈 거라 여겼던가."

"천년만년은 모르겠지만 적어도 이곳 서륜에서만큼은 평생을 부귀영화를 누리게 만들 수 있는 힘이지. 그 정도면 충분하지 않나?"

소운학의 대답에 혁련휘가 차갑게 말을 이었다.

"그렇다면…… 지금 보여 주지. 네가 그토록 얻고자 했던 힘이라는 게 얼마나 보잘것없는지를."

"뭐야, 넌?"

탁천세는 처음 보는 혁련휘를 향해 불쾌한 표정을 지어 보였고, 소운학이 빠르게 옆에서 설명했다.

"환야가 모시는 자랍니다."

"그래? 한심한 새끼. 내 밑에는 그렇게 들어오기 싫다고 나대더니만 저런 볼 것도 없는 새끼 아래로 들어갔다 이거야?"

별 볼 일 없다는 말에 달치가 갑자기 눈초리를 올린 채로 버럭 소리쳤다.

"주인 욕했다! 달치 주인 욕 하는 놈 안 봐준다."

"이 이상한 놈은 또……."

특이한 말투를 쓰는 달치를 보며 기가 차다는 듯 말을 이어 가던 탁천세가 갑자기 말을 멈췄다. 그러고는 고개를 갸웃거리며 방금 전 들었던 이름을 기억에서 찾으려 애썼다.

'달치? 분명 어디서 들어 보긴 했는데.'

그렇지만 탁천세는 쉬이 달치의 이름을 기억해 낼 수 없었다.

지역 자체가 달랐기에 달치라는 존재가 직접적으로 문제를 일으키지도 않았고, 각 동서남북의 수장들끼리 만난 자리에서 아주 오래전 스치듯 들었던 이름이었던 탓이다.

그렇게 달치의 이름을 기억해 내지 못하고 있을 그때 혁련휘가 빠르게 명령을 내렸다.

"환야, 소운학은 네가 맡아. 저 우두머리는 내가 상대하지."

"알겠습니다, 대장."

"비설, 달치."

자신들을 부르는 소리에 비설과 달치가 고개를 끄덕이자

혁련휘가 둘에게도 명령을 내렸다.

"어둠 속에 숨어 있는 놈들 하나도 남김없이 끌어내."

"예, 형님. 달치 아저씨랑 빠르게 정리하도록 할게요."

둘은 고개를 끄덕였다.

숨어 있긴 했지만 비설과 달치는 저들에 비해 비교조차 할 수 없는 고수들이다. 그런 둘에게 숨어 있는 이들을 찾는 건 식은 죽 먹기나 다름없었다.

그 숫자가 환야가 파악한 것처럼 얼추 이백 정도였지만 둘은 전혀 겁먹지 않았다.

혁련휘가 말을 이었다.

"최대한 빠르게 끝내고 합류할 테니까 그때까지 다치지 않게 조심해."

비설과 달치에 비해 급이 많이 떨어지긴 하지만 그래도 자하도의 고수들이다. 더군다나 숫자도 많으니 위험 부담 또한 있었다.

혁련휘의 말에 비설은 고개를 끄덕이고는 이내 달치와 시선을 마주쳤다.

비설이 말했다.

"가죠, 아저씨."

"달치 간다. 주인의 적은 달치한테도 적이다. 달치가 다 쓸어버린다."

말과 함께 비설과 달치가 먼저 어둠 속에 숨어 있는 이들을 향해 달려가기 시작했다.

슈슉.

멀어져 가는 둘을 등 뒤로한 채로 혁련휘가 환야와 함께 성큼 앞으로 걸어갔다.

환야가 먼저 손가락을 까닥이며 소운학을 도발했다.

"어이. 넌 내 상대야."

말과 함께 환야는 슬쩍 옆으로 걸음을 옮기며 손가락 사이사이에 비수를 넣었다.

환야의 행동에 소운학 또한 탁천세에게서 멀어지며 말을 받았다.

"네가 어디서 뭘 했는지 몰라도 이제 넌 내 상대가 못 돼. 십 년이 넘는 그 시간 동안 난 엄청나게 강해졌거든."

"십 년은 너만 살았냐."

환야가 손가락 사이에 비죽 튀어나온 비수를 치켜든 채로 다시금 말을 이었다.

"어디 한번 겨뤄 보자고. 누구의 십 년이 더 가치 있었는지를."

둘의 몸이 번개처럼 상대방을 향해 달려들었다.

그렇게 환야와 소운학의 싸움이 시작되려는 그 찰나 혁련휘 또한 탁천세에게 다가가고 있었다.

그런 혁련휘를 보며 그가 기가 막힌다는 듯 이마를 감싸 쥐곤 말했다.

"혼자서 나와 싸우겠다고? 정신이 나간 새끼네 이거."

"정신이 나간 건 너지. 우리를 상대하는 데 고작 이백 명이라. 후회할 텐데."

탁천세가 이백 명 정도의 무인들만 이끌고 이곳에 나타난 것은 환야를 죽이고자 하는 마음이 너무 다급했던 탓이다.

서륜은 무인들이 모여 있지 않고 각자의 삶을 살아간다. 그랬기에 탁천세가 급히 모을 수 있었던 것은 고작 이백 정도의 숫자였다.

물론 탁천세는 이 정도면 충분하다 여겼다.

자신이 있었고, 소운학도 있다.

거기다가 이백 명의 무인들까지 대동했으니 고작 환야를 비롯한 몇 명을 제거하는 게 뭐 그리 어렵겠냐고 판단했던 것이다.

환야가 다시금 사라지기 전에 어떻게든 죽이고자 했던 탁천세의 그 조급함이 결국 이 같은 결단을 내렸다.

탁천세는 후회할 거라는 말에 재미있는 농담이라도 들은 것처럼 박장대소를 터트렸다.

"푸하하! 이거 재미있는 새끼네. 어디 그 후회라는 게 어떻게 생겼는지 구경이나 한번 해 보자."

"……원한다면."

짧은 대답과 함께 혁련휘의 손에 들려 있던 파멸혼이 서서히 빛을 쏟아 내기 시작했다.

그러고는 곧장 허공을 가르듯 크게 휘둘러졌다.

부웅!

웃고 있던 탁천세의 얼굴이 굳어지는 건 순식간이었다. 허공을 가르며 날아드는 날카로운 도기를 느낀 그가 황급히 허리춤에 달고 있던 짧은 검을 뽑아 들었다.

혁련휘의 도기를 막아 내기 위해 곧장 검을 추켜세운 그에게 충격이 밀려들었다.

쿠카카카카캉!

검날이 터질 것처럼 흔들리는 것과 동시에 탁천세의 몸이 뒤로 밀려 나갔다.

단 일격이었을 뿐이거늘 그의 옷은 이미 넝마가 되어 있었다.

베고 지나간 듯한 수십 개의 자상들이 상의를 갈가리 찢어 놓았고, 더불어 앞으로 내뻗었던 팔뚝과 무릎 언저리에서는 피가 터져 나왔다.

탁천세는 스스로 공격을 받아 내고도 믿기지 않는다는 듯 두 눈을 끔뻑거렸다.

아마도 손을 타고 느껴지는 이 고통이 아니었다면 지금 이 순간이 꿈일 거라 여겼을지도 모를 정도로 정신적 충격을 받은 상황이었다.

당황한 듯 아무런 말도 꺼내지 못하는 탁천세를 향해 혁련휘가 파멸혼을 고쳐 잡으며 천천히 입을 열었다.

"말했지? 겨우 이백 명만 데리고 온 걸…… 후회하게 될 거라고."

혁련휘의 그 한마디에 탁천세는 소름이 돋았다.

환야와 소운학의 싸움은 눈으로 확인하기도 힘들 정도로 엄청난 속도를 기반으로 벌어졌다.

휙휙!

바람 소리가 지나쳐 가는 곳에는 이미 둘의 신형이 나타났다가 사라졌고, 동시에 그곳에는 수십 개의 비수들이 날아와 꽂혔다.

스팟.

서로를 베고 지나갔다고 느끼는 순간 이미 둘의 몸은 완전히 다른 곳에 있었다. 하늘로 솟구쳐 올랐던 소운학이 소매를 털었고, 기다렸다는 듯 안에서 비수가 쏟아져 나왔다.

좌르르륵!

땅에 자리하고 있던 환야는 그대로 뒤로 몸을 수십 바퀴

회전시키며 비수를 피해 냈고, 그가 짚었던 땅 부분에는 빼곡하게 암기가 틀어박혔다.

땅을 짚으며 수십 바퀴를 회전하던 환야가 갑자기 손바닥에 힘을 주어 몸을 허공으로 띄우고는 곧바로 손가락을 움직였다.

기다렸다는 듯 작은 침들이 손가락에 의해 퉁겨지며 소운학에게 날아들었다.

슈슈슉.

그렇지만 소운학 또한 그 자그마한 침들을 발견하고는 허공에서 몸을 몇 차례고 회전했다. 땅에 착지한 그가 곧바로 손가락을 세운 채로 강하게 찌르고 들어왔다.

슈욱!

아슬아슬하게 스치고 지나간 탓에 가슴 언저리에서 피가 터져 나왔다.

그렇지만 그 상태에서 환야의 손에 들린 단도가 빠르게 위아래로 움직였다.

동시에 소운학의 어깨에서 팔뚝까지 이어지는 긴 검상 하나가 생겨났다.

그가 입술을 꿈틀하며 소리쳤다.

"이게!"

손에 들린 암기들이 기다렸다는 듯 회오리처럼 빙글빙글

돌며 환야에게 날아들었다. 환야는 허공에서 공중제비를
돌며 그 모든 공격을 흘려 내고는 가볍게 착지했다.

환야는 부상을 입은 가슴을 손바닥으로 쓸어내리며 히죽
웃었다.

"제법이네."

"겨우 그 정도로 놀라기엔 아직 이르지."

"좋아, 그럼 이제 제대로 한번 가 볼까?"

말을 마친 환야가 허리를 꼿꼿이 편 채로 비수를 다시금
강하게 움켜쥐었다.

환야의 입이 슬그머니 열렸다.

"암흑류."

스으윽.

그 중얼거림과 함께 환야의 모습이 눈앞에서 사라졌다.

아무런 것도 없는 허공, 그렇지만 소운학은 당황하지 않
았다.

환야의 무공을 잘 알고 있었으니까.

'암흑류로 나오겠다? 어디 쉽게 당할 거라 보이더냐.'

사라진 환야를 눈이 아닌 감각으로 좇기 시작한 소운학.
그리고 결국 그의 감각에 환야의 움직임이 잡혔다.

'잡혔어!'

그리고 그 순간 환야의 모습이 소운학의 등 뒤에서 서서

히 드러나기 시작했다.

그런데…….

환야의 손이 닿아야 할 그곳에 있던 소운학의 몸이 거짓말처럼 사라졌다.

그리고 그자가 나타난 곳은 다름 아닌 환야의 등 뒤였다.

소운학이 손에 들고 있는 비수로 환야의 등 뒤를 겨눈 채로 픽 웃었다.

"잡았다, 환야."

말과 함께 소운학의 비수가 그대로 환야의 등으로 날아들었다.

부웅!

바로 지척까지 다다른 비수가 환야의 등을 꿰뚫는 그 순간…….

스윽.

비수가 베고 지나간 것은 환야의 등이 아니었다.

손의 감각이 말해 주고 있었다.

아무런 것도 베지 못했다고.

그때였다.

"넌 언제나 이게 문제야. 끝나기도 전에 자기가 성공했다고 착각을 하는 거."

바로 등 뒤에서 들려온 환야의 목소리에 소운학은 식은

땀이 주르륵 흘러내리는 걸 느꼈다.

뒤를 잡았다 생각했다.

그런데 그건 착각이었다.

뒤를 잡는 그 순간, 이미 환야는 그런 자신의 또 뒤를 잡고 있었던 것이다.

대체 언제…….

'이대로면 죽는다!'

소운학은 빠르게 상황을 판단했다.

환야에게 등을 내줬다는 건 곧 죽는다는 걸 의미하는 것이다.

그랬기에 소운학은 급히 발로 땅을 박차며 몸을 회전시켰다.

그의 손에 들린 비수가 뒤편에 있는 환야를 빠르게 벴다.

그런데 이번에도 비수가 지나간 곳에는 아무런 것도 없었다. 그리고 다시금 들려온 목소리.

"여기라고."

동시에 소운학의 허벅지에서 피가 터져 나왔다.

"크윽!"

그가 피가 터져 나온 허벅지를 손으로 부둥켜 쥔 채로 반쯤 몸을 굽히는 순간 이미 그곳에 환야는 없었다.

소운학은 알 수 있었다.

'망할…… 시작된 건가?'

환야가 자신 있어 하는 초식 중 하나.

암흑류, 그림자 살인이 펼쳐지고 있었다.

그림자 살인이라는 초식이 펼쳐진 걸 느끼며 소운학은 황급히 주변으로 모든 신경들을 집중시켰다.

어디에도 있고, 어디에도 없는 암흑류의 무공 중에서도 그림자 살인은 그 위치를 파악해 내기 어려운 초식이다.

마음만 먹는다면 수백 명에게 둘러싸인 곳에서도 모습을 드러내지 않고 모두를 도륙할 수 있는 무섭도록 잔인한 초식.

예전의 환야는 이 초식을 완벽하게 구사하지 못했다. 그랬기에 틈이 있었고, 그걸 알기에 소운학은 모든 정신을 집중한 것이다.

'잠깐의 모습을 드러내는 그 순간이 기회다.'

베기 위해 모습을 드러낸 찰나만 놓치지 않는다면 역전은 충분히 가능할 거라 여겼다. 그렇지만 그런 소운학의 생각은 반대편 허벅지가 베어지며 거짓말처럼 사라졌다.

"크윽!"

솟구치는 피를 억지로 손으로 내리누르며 소운학은 당황스러움을 감추지 못했다.

기척이 없다.

그 순간 허공에서 환야의 목소리가 들려왔다.

"예전의 날 생각하면 오산이라니까."

"이잇!"

목소리가 들려온 쪽으로 비수를 던졌지만 이미 그곳엔 환야가 없었다. 그리고 그 순간 바로 등 뒤로 다가온 환야가 어깨 너머로 고개를 들이민 채로 귓가에 속삭였다.

"여기라고."

말과 함께 소스라치게 놀라서 떨어지려는 소운학의 어깨에 환야의 비수가 꽂혔다.

피가 위로 솟구쳐 올랐고, 소운학은 놀란 듯 뒷걸음질 쳤다.

도저히 환야의 움직임을 읽어 낼 수가 없었다.

'이건 말도 안 돼!'

예전에도 자신은 환야에게 훨씬 미치지 못했었다.

그렇지만 이제는 다를 거라 여겼다.

오랜 지기를 죽이면서까지 탁천세의 아래로 들어갔고, 그에게서 이곳 자하도에 남아 있는 많은 무공들을 전수받았다.

덕분에 암기술도 비약적으로 발전했고, 몸을 움직이는 데 필요한 경공, 경신술 모두가 예전과는 비교조차 되지 않았다.

그런데 이게 무엇이란 말인가?

좁혀졌을 거라 여겼던 거리는 보다 멀어져 있었다.

대체 왜?

그 순간 다시금 환야의 비수가 그나마 멀쩡했던 등과 가슴을 베고 지나갔다.

피가 쏟아져 나왔지만, 소운학은 가까스로 두 발로 몸을 지탱할 수 있었다.

'이것이…… 재능의 차이란 말인가.'

억울했다.

억울해도 너무 억울했다. 그랬기에 그는 모습을 보이지 않는 환야를 향해 피투성이가 된 몸도 돌보지 않은 채 소리쳤다.

"환야아아!"

목소리에 담긴 절절함 때문인지 어둠 속에서 움직이던 환야가 천천히 모습을 드러냈다. 그리 멀지 않은 곳에서 서로 마주 선 채 소운학은 피에 젖은 이를 드러내며 말했다.

"……네놈이 싫다."

말과 함께 피가 섞인 침을 바닥으로 내뱉은 소운학이 재차 말을 이었다.

"십 년이 넘는 나의 시간을 우습게 만들어 버리는 네놈의 재능이 난 언제나 싫었다. 예전부터, 그리고 지금도!"

"오래전부터 날 그렇게 보고 있었던 모양이네. 그래도 괜찮은 녀석이라 생각했었는데 어렸을 때라 그런가 사람 보는 눈이 많이 후졌었나 보다."

"닥쳐! 부럽다고, 네 그 재능이 미치도록 부럽단 말이다!"

소운학이 악에 받친 듯이 소리를 질러 댔다.

분명 처음 만났을 때의 환야는 자신보다 아래였다. 그러던 그가 어느 날 자신을 넘어 버렸다는 사실을 알게 되면서부터 소운학은 환야라는 존재를 시기할 수밖에 없었다.

하지만 소운학은 애써 그런 감정을 감춰 왔다.

시기가 들긴 했지만 결국 환야는 같은 편이었다.

언젠가 그가 이 자하도를 손에 넣을 거라 여겼고, 그랬기에 애써 참아 왔다. 그렇지만 서륜을 넘어 이곳 자하도 전체를 집어삼킬 거라 여겼던 환야가 어느 날 불현듯 사라졌다.

그것은 소운학에게 커다란 충격이었다.

모든 걸 잃은 것만 같은 상실감.

그랬기에 소운학은 탁천세에게 몸을 의탁하며 새로운 꿈을 꾸기 시작했다.

소운학은 자신을 말없이 바라보는 환야를 향해 다시금 소리쳤다.

"나에게 줘! 네 재능을 나에게 달란 말이다! 너 말고 내가 더 잘 써 줄 수 있으니 그 재능 나에게 달란 말이야! 나한테 만약 그런 재능만 있었다면 나는 지금 이곳 자하도를……."

"재능, 재능. 정말 시끄럽게 떠드는군."

환야의 얼굴에서는 이미 장난스러운 웃음기가 사라진 지 오래였다. 비수를 든 그의 얼굴은 세상 그 누구보다 진지해 보였다.

환야가 천천히 입을 열었다.

"간단히 재능의 차이라 지껄이지 말라고."

말을 마친 환야의 몸이 거짓말처럼 그 자리에서 사라졌다.

그리고 채 소운학이 반응하기도 전에 그의 옆에서 환야의 모습이 연기처럼 피어올랐다.

환야가 말했다.

"재능이 아닌…… 의지의 차이니까."

말과 함께 환야의 비수가 빠르게 움직였다.

퍽.

작은 소리와 함께 정확하게 파고든 비수가 고통을 느끼지도 못할 정도로 빠르게 소운학의 숨을 단번에 끊어 버렸다.

해선 안 될 짓을 벌였고, 적으로 돌아선 그에게 해 줄 수 있는 최소한의 선물.

그것은 깔끔하고 편안한 죽음뿐이었다.

바닥으로 쓰러진 소운학을 내려다보며 환야가 씁쓸한 표정을 지어 보였다.

'편히 쉬어.'

환야가 싸움을 매듭짓는 동안 혁련휘와 싸우고 있던 탁천세는 미칠 것만 같았다.

도대체 이자의 무공을 종잡을 수도, 그렇다고 해서 맞상대하기도 어려웠다.

혁련휘의 손끝에서 타고 오른 불꽃이 탁천세를 집어삼켰다.

"큭!"

가뜩이나 상의가 찢겨져 드러난 맨살이 새카맣게 그을린 채로 그가 바닥을 굴렀다.

동시에 쉬지 않고 떨어져 내리는 혁련휘의 파멸혼이 그의 머리를 쪼갤 듯이 날아들었다.

손에 들린 짧은 검으로 재빠르게 그 공격을 받아 냈지만……

쩌저적!

단번에 깨어져 나가는 자신의 검과 함께 어깨부터 복부까지 이어지는 긴 부상이 생겨 버렸다.

탁천세는 달려들고 있는 혁련휘의 움직임을 황급히 손바닥에 장력을 모아서 저지했다.

그렇지만 그것은 공격이라기보다는 단순한 시간 벌이에 불과했다.

가까스로 숨 돌릴 틈을 만들어 낸 그가 다급히 물었다.

"너 어디 소속이야?"

"……굳이 소속을 따진다면야 천림이라고 해야겠군."

중앙 지역을 일컫는 천림이라는 말에 탁천세가 이를 갈았다.

그곳에는 종종 생각지도 못한 괴물들이 존재했는데, 혁련휘를 그중 하나라 여긴 것이다.

짧은 틈 동안 탁천세는 수십 곳에 부상을 입었다.

도에 베이기도 했고, 저 특이한 무공에 연신 휘둘렀다.

실력의 차이를 이미 절절히 느낀 탁천세가 말했다.

"이봐, 나와 손을 잡는 게 어때?"

"손을 잡자고?"

"그래, 너 정도의 실력자라면 나와 함께하는 것만으로 이곳 자하도를 손에 넣을 수 있을 거야. 너에겐 강한 무공이, 그리고 나에겐 서른의 무인들이 있지. 어때? 제법 구미가 당기는 제안일 텐데."

벌써 육십이 넘은 나이.

그럼에도 불구하고 아직도 탁천세에겐 큰 욕심이 하나 있었다.

천림을 포함한 다섯 개의 지역 모두를 손에 쥐는 것이다.

그렇지만 그것이 서륜에 있는 무인들만으로 가능할 리가 없었다. 그랬기에 어쩔 수 없이 참아 왔던 욕심들이 혁련휘를 통해 다시금 고개를 치켜들었다.

이자의 힘이 함께한다면 우선적으로 네 개의 지역을 통합하는 건 어렵지 않을 것이다.

그 이후에 모인 병력들을 이용해 천림으로 치고 들어간다면…….

자하도 전체를 장악하는 건 꿈이 아닐지도 모른다.

탁천세의 제안, 그렇지만 그걸 들은 혁련휘가 시큰둥하니 대답했다.

"아쉽게도 나한테 필요한 건 맞잡을 손이 아니라 네놈 목이거든."

"……뭐?"

"네 목이라면 받아 줄 의사가 있는데 어때?"

"이 새끼가……!"

탁천세가 이를 부득 갈았다.

기분 나쁜 티를 팍팍 내고는 있었지만 탁천세는 뭔가를 선뜻 시도하지는 못했다.

몇 번의 격돌만으로 이미 자신이 어찌할 수 없는 상대라는 걸 눈치챈 탓이다.

탁천세는 후회하고 있었다.

'지금 병력의 몇 곱절은 끌고 왔어야 했는데……'

데리고 온 이백여 명의 수하들은 혁련휘의 말대로 고작 둘에게 막혀 꼼짝도 못 하고 있다. 그 탓에 혁련휘와 상대해야 하는 건 오롯이 자신의 몫이 되어 있었다.

'어쩌지? 어떻게든 이놈을 떨구고 부하들과 합류를 해야 하는데.'

잔머리를 굴리고 있는 탁천세.

그렇지만 혁련휘는 길게 이 싸움을 끌고 갈 생각이 없었다.

혁련휘가 천천히 파멸혼으로 기운을 끌어모으기 시작했다.

동시에 커다란 뇌기가 파멸혼을 집어삼킬 듯이 요동쳤다.

츠츠츠츠!

혁련휘의 손에 들린 파멸혼이 천천히 회전하기 시작했다.

회전의 횟수가 점점 더해질수록 그 숫자가 늘어나기 시작한 뇌기가 파멸혼을 집어삼켰다.

그리고 때에 맞추어 혁련휘의 몸 또한 조금씩 회전하기 시작했다.

모든 것들이 태풍에 휩쓸린 듯 거칠게 밀려 나갔다.

그렇게 주변으로 미쳐 날뛰던 그 뇌기가 하나가 되는 순간 혁련휘의 파멸혼이 폭발하듯 기운을 뿜어냈다.

우치마저도 일격에 무너트렸던 파괴력을 지닌 초식.

뇌신참(雷神斬)이었다.

뇌신참이 펼쳐지는 순간 자하도의 땅은 흡사 지진이라도 난 것처럼 떨리기 시작했다.

동시에 쏟아져 나간 하얀 기운이 탁천세를 집어삼켰다.

밀려드는 기운을 보며 그는 이를 악물었다.

'오냐, 좋다. 내 막아 주마.'

호기롭게 외친 그는 호신강기를 불러일으킴과 동시에 손바닥에 모인 장력을 쏘아 냈다. 마찬가지로 새하얀 기운이 전방으로 터져 나갔다.

쿠카캉!

혁련휘의 뇌신참과 정면으로 충돌하는 순간 탁천세는 자신의 몸이 허공으로 붕 뜬다는 생각이 들었다.

그리고 이어지는 놀라운 장면.

'……어?'

쏘아 낸 장력이 혁련휘의 기운에 고스란히 잠식되어 가고 있었다.

그리고 이내 그 새하얀 기운이 탁천세의 시야를 가득 채우는 그 순간, 그때야 알아차렸다.

자신이 실수를 했다는 사실을.

이 공격은 피했어야 했다. 정면으로 싸운다는 건 애초부터 자살행위였던 것이다.

그렇지만 그걸 깨달았을 때는 이미 되돌릴 수 없는 상황이 된 이후였다.

혁련휘의 뇌신참이 탁천세의 호신강기를 박살 내고는 그대로 드러난 그의 몸을 집어삼켰다.

뇌신참에 제대로 당한 탁천세는 뭐라고 할 틈도 없이 온몸이 박살이 나며 그대로 나뒹굴었다.

바닥에 엎어진 그는 그 상태 그대로 더는 움직이지 못했다.

엉망이 된 건 비단 탁천세뿐만이 아니었다.

뇌신참의 범위 안에 있던 모든 것들이 태풍이라도 만난 것처럼 모두 뒤집혀 있었으니까.

탁천세를 죽인 혁련휘의 옆으로 잠시나마 뇌신참의 범위에서 빠져나가기 위해 물러났던 환야가 다가왔다.

"휴우, 어마어마하군요."

뇌신참으로 인해 주변에 휩쓸려 나간 것들을 보며 환야
는 놀랍다는 표정을 지어 보였다.

혁련휘가 그런 환야에게 시선을 주며 물었다.

"마무리는?"

"전 잘 끝냈습니다. 그런데 이거 어쩌죠. 탁천세와 소운
학 모두 죽어 버렸잖습니까."

이곳에 온 이유 자체가 탁천세가 지니고 있는 열쇠를 받
기 위함이었다. 그런데 거처를 알고 있는 두 사람 모두가
죽어 버렸으니 다소 골치가 아프다는 모양새였다.

그런 환야의 걱정에 혁련휘가 무슨 걱정이냐는 듯이 멀
리를 향해 고갯짓했다.

"저기 남아 있잖아."

"남아 있다뇨?"

"이백 명이나 있는데 저 녀석들을 캐면 누군가 하나쯤은
알겠지."

그제야 환야는 혁련휘가 말하는 것이 무엇인지 알 수 있
었다.

비설과 달치가 상대하고 있는 이백여 명의 무인들을 말
하는 것이다.

아직까지 싸움은 이어지고 있었지만 그것도 그리 길지

않을 거라는 사실을 잘 알고 있었다.

비설과 달치만으로도 이미 그들을 압도하고 있었지만 그보다 더 큰 문제는 명령을 내리는 존재인 탁천세가 죽었다.

그가 죽은 이상 더는 그들에게도 싸워야 할 이유는 없던 것이다.

혁련휘가 탁천세를 과감하게 죽인 건 저들을 통해 정보를 얻을 수 있다는 확신이 있어서다.

굳이 죽은 탁천세를 위해 자신이 알고 있는 사실들을 감출 거라는 생각도 들지 않았다.

그런 의리로 뭉친 사이가 아님을 너무도 잘 알았으니까.

거기다가 탁천세를 살려 둔다면 결국 그는 이번의 실수를 만회하기 위해 서륜의 모든 병력을 긁어모아 혁련휘를 다시금 죽이려 움직일 것이다.

어차피 죽여야 할 자라면 최소한의 피해로 끝낼 수 있는 지금 결단을 내리는 게 맞았다.

혁련휘가 그쪽으로 걸음을 옮기며 짧게 말했다.

"난 둘을 돕지. 넌 탁천세의 시신을 챙겨. 싸움에 휩쓸려서 더는 망가지지 않게."

"시신을요?"

"응, 쓸 곳이 있어서."

시신을 쓸 곳이 있다는 말이 선뜻 이해는 안 갔지

만…….

환야는 고개를 끄덕였다.

"네. 그리하죠, 대장."

이유 없는 명령을 내리지 않는 혁련휘다. 그가 그런 명령을 내렸다면 분명 뭔가 생각이 있어서일 테고 자신은 그저 따르기만 하면 된다.

막연한 믿음, 그것은 결코 그냥 생긴 것이 아니었다.

함께하며 느꼈던 즐거움과 슬픔.

그리고 너무도 많은 소중한 시간들까지도.

그 모든 걸 가졌기에 이런 흔들리지 않는 믿음 또한 생겨날 수 있는 것이다.

환야는 멀리에서 날뛰고 있는 달치를 힐끔 쳐다보며 혁련휘에게 말했다.

"빨리 가셔야겠습니다, 대장. 이러다간 저 무식한 놈이 말할 입도 남기지 않고 다 쓸어버릴 것 같은데요."

"……그러게."

혁련휘가 서둘러 그쪽으로 걸음을 옮겼다.

2장. 마지막 조각

— 모를 거라 생각했더냐

싸움은 끝이 났다.

수장을 잃은 서륜의 무인들은 금방 혁련휘 일행에게 제압당할 수밖에 없었다.

그들은 싸울 의사가 없었기에 그 이후는 너무도 간단하게 끝을 맺었다.

남은 무인들을 제압한 혁련휘는 그들을 통해 서륜의 수장인 탁천세의 거처를 캐내고는 곧바로 열쇠를 회수하기 위해 움직였다.

탁천세의 거처로 갔던 혁련휘는 그리 어렵지 않게 열쇠를 찾을 수 있었다. 상징적인 물건일 뿐 그리 중요하게 여기지 않은 탓에 열쇠를 감춰 두지 않았던 것이다.

거기다 평소 자주 거처를 옮기던 만큼 지녀야 할 것들은 최대한 자기 근처에 놔두던 것이 탁천세의 습관이었다.

덕분에 혁련휘는 쉽사리 원하던 열쇠를 찾고 다른 이들이 대기하고 있는 곳으로 향했다.

그렇게 혁련휘가 도착한 곳.

거기는 다름 아닌 아까까지 치열한 싸움이 벌어졌던 거처였다.

거처에서 대기하고 있던 비설과 달치가 반갑게 혁련휘를 맞았다.

"오셨어요, 형님?"

"뒤처리는?"

"깨끗하게 정리해 뒀어요."

남은 잔당들을 죽이진 않았지만 이곳에서 벌어진 일에 대한 소문이 퍼지는 걸 최대한 늦춰야 했기에, 비설은 그들 모두의 혈도를 점혈했다.

며칠 정도가 지나면 혈도는 저절로 풀릴 테고, 그 전까지 그들은 손가락 하나 까딱하지 못할 것이다.

"고생했어. 환야는?"

비설을 향해 고개를 끄덕이던 혁련휘가 물었다.

그러자 비설이 멀리에 있는 건물을 가리키며 말을 이었

다.

"저기 계실 거예요."

"잠시 다녀오지."

말을 마친 혁련휘는 곧바로 환야가 있을 거라는 건물 쪽으로 몸을 움직였다. 순식간에 건물까지 다가간 혁련휘가 반쯤 열려 있는 문을 통해 안으로 걸음을 옮겼다.

방 한쪽에서는 뭔가를 뚫어져라 바라보며 바삐 손을 움직이는 환야가 자리했다.

기척을 느낀 그가 슬쩍 시선을 돌리다가 혁련휘를 발견하고는 입을 열었다.

"뭐 이리 빨리 오셨습니까, 대장."

"생각보다 간단하게 감춰 뒀더군. 찾는 게 일도 아닐 정도로."

"그래요?"

"그나저나 내가 시킨 건 어떻게 되어 가고 있어?"

"지금 열심히 하고 있잖습니까."

"내가 분명 한 시진 안에 끝내 놓으라고 한 것 같은데……."

혁련휘의 말에 뭔가를 쪼물거리던 환야가 움찔하더니 어색한 미소를 지어 보였다. 그러고는 이내 불만스러운 듯 투덜거렸다.

"아무리 그래도 한 시진은 너무 촉박한 거 아닙니까?"

"그래서 못 하겠다고?"

물어 오는 혁련휘.

그러자 환야가 바삐 움직이던 손을 갑자기 멈추더니 이내 히죽 웃어 보였다.

"그럴 리가요."

말과 함께 환야가 슬그머니 들어 올린 것.

그것은 인피면구였다.

혁련휘는 환야의 손에 들린 인피면구를 발견하고는 고개를 끄덕였다.

"완성했군."

"그럼요. 제가 누군데요."

한 시진 안에 인피면구 하나를 완성하라는 혁련휘의 명령을 환야는 성공시켰다. 그것도 다른 누군가로 완벽하게 혼동시킬 정도의 정교한 인피면구였기에 더욱 놀라운 일이었다.

손에 들고 있던 인피면구를 얼굴에 슬그머니 가져다 대는 그 순간, 그곳에는 다른 사람이 자리하고 있었다.

환야가 사라지고 모습을 나타낸 자는 다름 아닌 방금 전 이곳에서 숨을 거둔 서륜의 주인인 탁천세였다.

탁천세의 얼굴을 그대로 만들어 낸 환야가 그 상태로 웃었다.

"어때요? 완벽하지 않습니까?"

"……괜찮군."

물끄러미 바라보던 혁련휘가 고개를 끄덕이자 그제야 환야는 얼굴에 덮었던 인피면구를 떼어 냈다.

그런 환야의 옆에는 얼굴을 확인하기 위해 자리하고 있는 탁천세의 시신이 있었다.

인피면구를 만드는 방법은 참으로 다양하다.

직접 시체의 얼굴을 뜨는 경우도 있었지만, 환야는 그런 식으로 인피면구를 만들지 않았다.

혹시 모를 상황에 대비해 환야는 인피면구를 만들 수 있는 동물의 가죽을 지니고 다녔다. 애초에 모든 사전 작업을 끝내 놓은 휴대용 재료였기에 만드는 시간 또한 최대한 단축할 수 있었다.

환야는 벗은 인피면구를 미리 준비해 둔 목각 안에 조심스럽게 넣고는 말했다.

"임시용으로 급히 만든 거라 그리 오래는 상태를 유지하기 힘들 겁니다."

"얼마 정도 유지가 가능하지?"

"인피면구를 쓴 이후 기준으로 여섯 시진 정도가 최대치입니다."

"그 정도면 충분해."

"그나저나 대단하십니다. 이런 비책까지 생각해 내시고."

환야는 목각을 챙기며 놀랍다는 듯 말했다.

탁천세의 인피면구를 만든 건 혁련휘의 명령 때문이었다. 그리고 혁련휘가 이 같은 명령을 내린 건 다음을 위해서였다.

세 개의 지역에서 열쇠를 얻은 혁련휘의 마지막 목적지는 당연히 남륜이었다.

그렇지만 이번 싸움으로 인해 혁련휘는 고민을 해야만 했다.

서륜에서의 싸움, 만약에 이 일이 알려진다면 남륜은 방비를 할 것이 분명했고 그렇게 된다면 큰 싸움으로 번질 확률이 높았다.

서륜의 수장인 탁천세가 혁련휘에게 죽었다.

그 말이 의미하는 건 곧 남륜의 무인들 또한 마찬가지의 신세가 될 수도 있다는 걸 의미했다.

그렇지만 자하도의 한 지역의 패자인 이상 설령 진다는 사실을 안다 해도 쉽사리 두 손을 들고 항복을 할 리도 없는 노릇.

결국 전면전이 펼쳐진다면 엄청난 숫자의 무인들과 싸워

야 할지도 모르는 상황이었다.

허나 혁련휘는 그런 의미 없는 싸움을 피하고 싶었다.

그랬기에 그는 한 가지 계책을 떠올렸다.

아무런 피해도 없이 남륜의 수장으로부터 열쇠를 받아낼 수 있는 작전을 말이다.

그리고 그 시작은 바로 탁천세의 시신에서부터였다.

소문이 퍼지지 않게 우선적으로 이곳에 함께 왔던 이들을 모두 포박해 뒀고, 자하도의 특성상 이 같은 정보도 며칠은 걸려야 남륜 쪽에 알려지게 될 터다.

그사이에 혁련휘는 탁천세의 얼굴을 하고 남륜의 수장과 직접 만날 약속을 잡으려 하고 있었다.

혁련휘가 찾아간다면 연줄도 없는 남륜의 수장을 쉽사리 만날 수 없겠지만 그 상대가 서륜의 우두머리인 탁천세라면 이야기는 다르다.

아마 남륜의 수장 또한 곧바로 자신들을 맞이할 게다. 그리고 진짜 탁천세가 죽었다는 소문이 퍼지기 전에 열쇠의 위치를 파악해 내고 빠르게 그것만을 가지고 사라질 생각이었던 것이다.

성공만 한다면 피 한 방울 흘리지 않고 열쇠를 얻을 수 있는 계책.

게다가 여러 복잡한 절차를 거치거나, 아니면 긴 싸움을

하는 것과는 비교도 안 될 정도로 걸리는 시간 또한 짧을
것이다.

혁련휘가 옆으로 다가온 환야에게 물었다.

"어느 정도 시간적 여유가 있을 거 같아?"

"장담은 못 합니다만 저희가 이곳에서 벌인 일이 사나흘
내로는 그들의 귀에도 들어갈 겁니다."

"……사나흘이라."

생각은 많았지만 결국 답은 하나였다.

혁련휘가 고개를 끄덕였다.

"서두르지."

*   *   *

마교의 분위기는 날이 갈수록 흉흉해졌다.

모든 것이 무명과, 흑랑방의 방주인 장유희의 계략 덕분
이었다. 비밀리에 움직이기 시작한 둘로 인해 마교 곳곳에
서는 하루가 멀다 하고 사건 사고들이 끊이지 않았다.

그로 인해 신도율의 기분은 점점 최악으로 치달았고, 덩
달아 주변을 들들 볶으며 이 모든 일의 배후를 찾으려 했
다.

그렇지만 교주의 그림자로 살아온 무명이라는 존재는 그

리 만만한 자가 아니었다.

그는 완벽하게 몸을 숨긴 채 계속해서 다른 방법으로 마교에 안 좋은 소문이 퍼지게 만들고 있었던 것이다.

좋지 않은 방법으로 마교를 장악한 신도율이었기에 이 같은 분위기가 달가울 리 없었다.

그리고 그런 무명의 노력 덕분인지, 결국 곳곳에서 생기기 시작했던 작은 균열들 사이로 억지로 담아 두고 있던 물들이 쏟아져 내리기 시작했다.

십장로 중 하나인 오무진이 자신의 거처로 사람들을 불러 모은 것이다.

오무진은 묵룡천가와 힘을 함께했던 인물로, 십장로 중에서도 큰 힘을 지녔던 자이기도 했다.

그의 거처에 삼십여 명이 훌쩍 넘는 마교의 중책을 맡은 무인들이 즐비했다. 각 전투 부대를 이끄는 대주들부터 시작해서, 일선에서 물러나기도 했던 노고수들까지 모습을 보였다.

심지어 마찬가지로 십장로에 소속된 홍저엽(洪猪曄)과 삼각풍(三脚風)도 이곳에 자리하고 있었다.

날카로운 인상의 오무진이 방 안에 들어서자 많은 이들이 자리에서 일어나 포권을 취했다.

그리고 그런 그들을 향해 마찬가지로 포권을 취한 오무

진은 곧바로 자신의 자리로 갔다.

이곳에 모여 있는 이들은 오무진과 오래전부터 함께해 왔던 동료들이었다. 그랬기에 그는 곧바로 자신의 속내를 드러냈다.

탕!

주먹으로 탁자를 내리친 오무진이 분하다는 듯 중얼거렸다.

"작금의 마교 정세를 보고 있노라니 속이 뒤집혀서 참을 수가 없소이다."

함께 자리하고 있는 많은 무인들이 오무진의 외침에 묵묵히 고개를 끄덕였다.

사실 여기 모여 있던 이들은 혁련휘의 반대편에 있던 자들이다.

그렇지만 그들은 혁련휘가 당하고, 새로운 교주 자리에 신도율이 오르며 더욱 많은 걸 잃어야 했다.

신도율은 자신들이 가진 걸 빼앗은 것으로도 모자라 위험 요소가 있어 보인다는 이유로 측근들을 죽이기까지 했다.

그리고 그건 지금도 다르지 않았다.

혁련휘나 혁무조와 연관이 있어 보인다는 말 한마디면 그 어떠한 자도 죽일 권력이 신도율에게 있었으니까.

신도율은 십장로들을 그리 탐탁지 않게 여겼다.

오랫동안 마교의 많은 일들에 관여한 만큼 신도율이 뭔가를 진행함에 있어 가장 큰 방햇거리가 될 공산이 크다 여긴 탓이다.

그랬기에 그는 계속해서 십장로들을 제거할 기회를 노리고 있었다.

오무진은 더는 손 놓고 당할 수 없다는 판단을 내렸고, 그랬기에 자신의 사람들을 이렇게 비밀리에 불러 모았다.

마교 내부가 혼란스러운 지금이 어쩌면 자신들이 움직일 수 있는 절호의 기회일 수도 있었으니까.

오무진이 목소리를 높였다.

"그자는 마교를 아예 송두리째 바꾸려 하고 있소! 그리고 우리를 걸림돌처럼 여기고 있지. 결국 마교가 안정되고 전 교주를 찾아내 죽인다면 아마도 그 이후의 목표는 우리일 거요!"

분한 듯 소리치는 오무진을 바라보던 홍저엽이 물었다.

"나 또한 오 장로와 마찬가지 생각을 하고 있소. 이리 불러 모으신 걸 보면 뭔가 염두에 둔 것이 있으신 모양인데…… 그것이 뭡니까?"

물어 오는 홍저엽을 바라보며 오무진이 짧게 고개를 끄덕였다.

사실 궁금하다는 듯 묻고 있지만 이 모든 건 사전에 약속된 말들을 주고받는 것에 불과했다.

오무진과 홍저엽, 그리고 삼각풍까지.

여기 모인 세 명의 장로들은 이미 의견을 하나로 모은 상황이었다.

오무진이 기다렸다는 듯 숨을 길게 들이쉬고는 이내 짧게 말했다.

"……교주를 죽일 것이오."

그 한마디에 방 안에 있는 이들이 놀란 듯 웅성거리기 시작했다.

그러자 오무진이 빠르게 손을 들어 모두를 조용하게끔 만들고는 빠르게 말을 이었다.

"어차피 우리가 죽일 자는 하나요. 가뜩이나 요즘 내부 분위기 또한 흉흉하여 병력들이 이곳저곳으로 나뉘어져 있으니…… 우리가 힘을 합친다면 신도율 그자의 목숨을 취하는 건 불가능이 아닐 것이외다."

오무진의 말에 삼각풍이 빠르게 동조하고 나섰다.

"좋으신 생각입니다. 쇠뿔도 단김에 빼랬다고 바로 실행하시지요. 시간을 끌어서 좋은 일도 아니지 않습니까. 혹여나 내부에서 이상한 소리가 흘러 나간다면 도리어 저희가 교주에게 당할 테고요. 제가 당장 움직일 수 있는 병력은 오백여 명 정도 됩니다."

"저희도 육백은 지금 당장에라도 움직일 수 있소."

곧바로 말을 받는 홍저엽.

그리고 그 둘의 약속된 이야기를 전해 듣고 마찬가지로 고개를 끄덕이며 오무진이 화답했다.

"저희도 오백 정도는 움직이는 게 가능합니다. 그렇다면 당장에 천오백 이상의 병력이 모이는 게 가능하다는 건데…… 지금 교주를 지키는 무인들의 숫자는 어느 정도 됩니까?"

"교주의 명령으로 외성과 내성으로 잔뜩 퍼져 있는 탓에 백 명이 채 안 될 겁니다."

삼각풍이 대답하자 이야기를 듣고만 있던 자천마대(紫天魔隊) 대주 유립이 걱정스레 말했다.

"하오나 교주의 무위가 하늘에 닿았다고 하던데…… 정말 이걸로 괜찮겠습니까?"

"허허, 그래 봤자 고작 한 명 아니오. 그 한 명에게 우리 십장로 중 세 명과 마교를 이끄는 이 많은 대주들이 질 거라 여기시는 거요?"

"그건 아니지만……."

"걱정은 접어 두시오. 어차피 지금의 교주에게 불만 없는 사람이 마교에 얼마나 되겠소. 그를 죽인 이후의 뒷일도 전혀 문제가 없을 테고, 호위 병력도 없는 지금은 다시없을 기회요."

마교 내부를 뒤흔들고 다니는 자들이 누군지 모른다.

들리는 소문으로는 혁무조와 혁련휘의 세력이라는 말이 있기도 하지만…… 그런 건 아무 상관 없다.

이들이 원하는 건 자신들이 지녔던 힘을 되찾는 것이었으니까.

그러기 위해서는 혁련휘도, 신도율도 아닌 새로운 누군가가 필요했다.

마교의 우두머리를 바꾸는 일.

지금을 놓치면 불가능한 일이 될지도 모른다.

더군다나 이 같은 반역은 시간을 끌수록 불리하다. 결국 누군가는 돌아서기 마련이니까. 그랬기에 세 명의 장로들은 오늘을 거사일로 이미 합의를 본 상황이었다.

망설이는 이들의 마음을 다잡기 위해서인지 오무진이 자리를 박차고 일어나 목소리에 힘을 주며 소리쳤다.

"오늘 우리는 하늘을 바꿀 것이오! 그리고 핍박받는 마교의 사람들은 우리를 영웅이라 부르게 될 거라 자신할 수 있소이다. 마교의 이름을 더럽히는 지금의 교주를 우리의 힘으로 몰아냅시다!"

힘주어 외치는 오무진을 향해 많은 이들이 고개를 끄덕

이며 눈에 강렬한 의지를 담았다.

어느 정도 마음들을 하나로 모았다 여겼는지 홍저엽이
자리에서 일어났다.

"자, 그럼 곧바로 병력을 모아서 교주전의 뒤쪽에서 모
이는 걸로……."

그때였다.

"가긴 어딜 가."

갑자기 들려온 목소리.

동시에 닫혀 있던 커다란 문이 천천히 열리며 시원한 공
기가 밀려 들어오기 시작했다.

끼이이익.

열린 문을 통해 걸어 들어오는 한 사내.

그리고 그 사내를 보는 순간 방 안에 있던 삼십 여 명이
넘는 무인들의 얼굴이 사색이 될 수밖에 없었다.

신도율, 그가 들어서고 있었던 것이다.

놀란 홍저엽이 일어난 상태로 중얼거렸다.

"교, 교주가 어떻게 알고 이곳에……."

하지만 그의 말은 채 끝까지 이어지지 못했다.

신도율의 손끝에서 뿜어져 나온 불꽃이 그를 집어삼켜
버렸으니까.

홍저엽은 비명조차 지르지 못한 채로 그대로 한 줌의 재

가 되어 흘러내렸다.

가루가 되어 사라져 버린 홍저엽.

그리고 그런 모습을 보고 있는 이들의 얼굴에 공포와 경악으로 가득 차는 그 순간.

신도율이 갑자기 몸을 돌려 자신이 열고 들어온 곳의 문을 닫았다.

바깥으로 나갈 수 있는 길을 막아선 신도율이 재미있다는 듯 손으로 얼굴을 감싸고 웃었다.

"큭큭, 반역이라. 내가 모를 거라 생각했더냐?"

이미 이렇게까지 된 이상 더 이상 뒤는 없었다.

어떻게 안 것인지 모르겠지만 교주가 이곳에 모습을 드러냈다. 그런데 대체 무슨 영문인지 그는 아무도 대동하지 않은 채 홀로 나타난 것이다.

오무진이 소리쳤다.

"죽여!"

놀라서 얼어 있던 이들이 오무진의 비명에 가까운 외침에 황급히 정신을 차리고는 자신들의 무기를 꺼내 들었다.

서른 명이 넘는 고수들이 재빠르게 신도율에게 무기를 겨누었다.

그리고 그런 이들과 마주한 채로 신도율이 무기를 꺼내 들었다.

스르릉.

그가 대치하고 있는 그들을 향해 한 걸음 다가서며 말했
다.

"……여기가 네놈들의 무덤이 될 것이다."

*   *   *

남륜의 한 곳에 일련의 무리가 자리하고 있었다.

그들은 커다란 불을 가운데 둔 채로 늦은 저녁 식사를 하
고 있는 중이었다.

불 위에는 멧돼지로 보이는 커다란 동물이 지글지글 익
어 가고 있었다.

음식을 가운데 둔 채로 빙 둘러앉은 이들은 준비해 온 물
로 목을 축이며 고기가 익길 기다렸다.

남륜에 소속된 밀절대(謐竊隊)의 무인들이다.

그들은 자하도 곳곳을 침범하며 비밀리에 이것저것을 훔
쳐 오는 남륜의 도둑들이라 보면 됐다.

각자의 영토가 확실하긴 했지만 서로의 지역에서만 나는
물건들도 있고, 또한 강한 자가 모든 걸 가진다는 자하도의
법칙답게 각 지역엔 꽤나 많은 도둑들이 설치고 다닌다.

그리고 개중에 가장 짜임새 있게 조직을 움직이는 곳이

바로 이곳 남륜.

이곳의 도둑은 자하도 내에서도 가장 뛰어난 실력들을 자랑한다.

곳곳을 넘나들며 약탈을 일삼는 통에 다른 지역에서는 남륜을 그리 유쾌하게 보지 않았다.

물론 딱히 사이가 좋은 지역이 있는 건 아니었지만 말이다.

등에 짊어지고 다니던 커다란 봇짐을 힐끔 쳐다본 사내 하나가 나지막이 중얼거렸다.

"겨우 이 정도면 본전치기도 못 하겠네."

"그러니까 동륜 쪽으로 가자고 했잖아. 서륜 놈들은 하나같이 찾기도 힘들고 찾아봤자 뭐 가진 게 있어야지."

사내의 말에 곧바로 다른 이가 투덜거렸다.

그런 동료의 투덜거림에 표정을 잔뜩 찌푸렸던 사내는 이내 불에 익고 있는 고기를 괜스레 칼로 쿡쿡 찔렀다.

도둑질로 연명하고 있는 이들 입장에서는 한번 준비하고 나왔을 때의 성과가 한동안 삶의 질을 결정해 줄 정도로 컸다.

어떻게든 이번 도둑질에서 큰 성과를 내야만 했다.

고기를 칼로 찔러 대던 사내가 이내 말을 받았다.

"내일은 조금 더 깊은 곳까지 들어가 봐야겠어."

"위험하지 않겠어?"

"서륜 놈들 특징 알잖아. 따로따로 살고 있어서 어차피 누군가 돕기도 힘들어. 알아차리기 전에 빠르게 털어 버리고 튀어야지 뭐."

말을 끝낸 그가 불에 익어 가는 고기를 다시금 바라봤다. 그러고는 얼마 지나지 않아 슬슬 준비가 끝났다 생각했는지 막 다 익은 고기를 칼로 자르고 있을 때였다.

뒤편 어둠 속에서 섬뜩한 목소리가 흘러나왔다.

"잘됐네, 아직 식사 전인데."

들려온 목소리를 듣는 순간 자리에 앉아 있던 이들은 소스라치게 놀라며 그쪽으로 시선을 돌렸다. 누구의 기척도 느끼지 못한 그 어둠 속에서 한 명이 먼저 모습을 드러냈다.

환야였다.

자리에 앉아 있던 남륜의 무인들은 그의 갑작스러운 등장에 놀라 황급히 자리에서 일어났다.

완벽히 뒤를 잡혔다.

보통 놈이 아니라는 걸 단번에 느낀 것이다.

허나 놀라움은 거기서 끝이 아니었다. 환야의 뒤로 연이어 몇 명이 모습을 드러냈으니까.

그리고······.

마지막으로 모습을 드러낸 인물.

그것은 늙은 탁천세의 얼굴을 한 혁련휘였다.

환야가 만든 인피면구를 뒤집어쓴 채로 혁련휘가 모두의 앞에 나타났다.

기본적인 골격은 역용술을 이용해 최대한 비슷하게 만들었고, 목소리 또한 바꾼 혁련휘가 입을 열었다.

"남륜 놈들이냐."

평소 혁련휘의 것과는 완벽히 다른 카랑카랑한 목소리.

밀절대의 무인들이 달려들기라도 할 것처럼 눈빛을 주고받는 걸 확인한 혁련휘가 손을 들어 올렸다.

"그만, 함부로 움직이는 건 좋지 않을 게야. 네 수장 또한 곤란하게 될 테니까."

"……그게 무슨 소리요?"

뭔가 범상치 않아 보이는 행색과 말투에 사내가 물었다.

혁련휘가 그런 상대의 질문에 답했다.

"내 이름은 탁천세, 서륜의 주인이다. 너희의 수장을 만나러 왔다."

그 한마디에 밀절대 무인들의 얼굴이 딱딱하게 굳어 버렸다.

*　　　*　　　*

남륜의 수장 요광문(曜廣文)은 당혹스러움을 감추기 어려웠다.

그가 자신에게 보고를 올린 수하를 바라보며 되물었다.

"누가 왔다고?"

"서륜의 탁천세가 왔습니다."

"그 영감이 직접?"

"예, 일전에 저도 얼굴을 본 적이 있어서 멀리에서 확인했는데 확실합니다."

"대체 그 영감이 왜 여기에……."

중얼거리던 요광문은 혹시나 하는 얼굴로 말했다.

"우리 쪽 도둑들 때문에 문제라도 벌어진 거 아냐?"

"그건 아닌 것 같습니다. 사실 탁천세를 데리고 온 것이 밀절대입니다. 그들이 서륜 땅을 넘어서 도적질을 일삼았던 것에 대해서 오는 내내 일절 아무런 말도 없었다고 하더군요."

"아니, 그것도 아니면 대체 왜 온 거야?"

내심 다행이라 여기면서도 요광문은 이해가 되지 않았다. 정말 특별한 일이 아니고서야 각 지역의 수장들은 자신의 땅을 놓고 떠나지 않는다.

혹시 모를 위험한 일을 피하기 위함이다.

서륜의 주인이라 할지라도 이곳에서는 그저 한낱 한 명의 인간에 불과했으니까.

요광문이 물었다.

"서륜과 맞닿아 있는 곳에선 뭐 특별한 연락 없었어?"

"예, 저도 혹시나 그들이 쳐들어오는 건 아닐까 싶었지만 그건 아닌 거 같습니다. 만약 그랬다면 직접 온다는 것 자체가 말이 안 되니까요."

"하기야 그건 그렇지. 그런 일을 벌이면서 이곳에 수장이 직접 온다는 건 죽여 달라는 말밖에 안 되는 거니까."

찾아온 연유를 알고 싶었지만······.

자신의 머리를 쥐어뜯어 봤지만 결국 요광문은 답을 찾지 못했다.

아무런 것도 모르고 만난다는 게 못내 내키지 않긴 했지만 지금으로선 방도가 없었다. 그가 수하에게 짧게 말했다.

"이쪽으로 데리고 와. 혹시 모를 상황에 대비해서 수비 병력들 인근에 대기시키고."

"알겠습니다."

말을 마친 수하가 곧바로 방에서 사라졌다.

요광문은 골치 아프다는 표정으로 방 안을 서성였다.

탁천세, 그는 사람을 죽이는 데 일가견이 있는 자다.

실력으로 치면 요광문보다 한 수 위의 인물. 그리고 그리

좋지 못한 성격 탓에 좋아하려고 해도 좋아할 수 없는 자이기도 했다.

요광문이 나지막이 중얼거렸다.

"귀찮게……."

왠지 득보다 실이 많을 만남일 것 같다는 생각에 꺼림칙해하던 그때, 긴 통로의 저편에서 혁련휘 일행이 모습을 드러냈다.

탁천세의 얼굴로 위장한 혁련휘를 필두로 나머지 셋은 뒤를 따르고 있었다.

요광문의 거처의 입구에 도착하자 혁련휘가 발걸음을 멈췄다. 그러고는 비설과 환야를 향해 말했다.

"여기서 대기해."

"알겠습니다."

환야가 짧게 대답했고, 비설 또한 고개를 끄덕였다. 그러고는 아무렇지 않게 입구 근처에 선 채로 다음 명령을 기다렸다.

그렇게 둘을 바깥에 둔 채로 혁련휘는 달치만을 대동한 채로 문 앞에 다가와 섰다.

그러자 옆에 함께했던 남륜의 인물이 목소리를 높여 안쪽에 이들이 왔음을 알렸다.

"손님들을 모시고 왔습니다."

"들어오시라 해라."

문 건너에서 요광문이 승낙이 떨어지자 그제야 닫혔던 문을 열며 수하가 먼저 안으로 들어섰다. 열린 문틈으로 혁련휘와 요광문의 시선이 마주쳤다.

방금 전까지 불편한 표정을 짓고 있던 요광문은 언제 그랬냐는 듯 반가운 얼굴로 혁련휘를 맞았다.

"오랜만입니다, 서륜주. 이게 얼마 만입니까? 사 년 정도 됐나요?"

인사를 건네는 요광문을 향해 혁련휘가 침착하니 말을 받았다.

"벌써 그 정도나 됐소? 시간이 어찌 흐르는지 모르겠구려."

돌아오는 대답에 요광문의 표정이 의아하다는 듯 변했다.

그 자그마한 변화를 혁련휘는 놓치지 않았다. 뭔가 자신이 요광문의 예상과는 다른 모습을 보였음을 혁련휘가 직감했을 때였다.

그가 말했다.

"예전보다 말투가 많이 온화해지셨습니다."

움찔할 만도 하련만 미리 대비를 하고 있었던 혁련휘가 부드럽게 말을 받았다.

"며칠 전에도 그런 말을 들었소. 아무래도 나이를 먹으니 조금씩 변하는 모양이오."

"흐음. 그렇군요."

고개를 끄덕이는 요광문의 얼굴에는 별다른 의심의 기색이 보이지 않았다. 그도 그럴 것이 직접 만나 본 건 딱 두 번이었지만 얼굴만큼은 확실히 기억하고 있었다.

혁련휘의 유연한 대처에 별다른 수상함을 느끼지 못한 요광문이 곧바로 말을 이었다.

"아, 손님을 계속 세워 뒀군요. 여기 앉으시지요."

말을 마친 요광문은 혁련휘와 함께 탁자에 마주했다. 그리고 그런 혁련휘의 뒤에 달치가 와서 묵묵히 섰다.

혹시 모를 말실수를 대비하여 달치에게는 시키기 전까지는 함구하고 있으라는 명령을 내린 상황이었다. 그랬기에 묵직하게 입을 닫고 서 있는 달치에게선 평소와는 다른 무게감이 느껴졌다.

그런 달치를 곁눈질로 살피던 요광문이 이내 방 한쪽에 자리하고 있는 수하에게 손짓했다.

눈치 빠르게 요광문의 마음을 읽은 수하는 곧바로 그의 뒤에 와서 섰다.

탁자에 마주한 상태로 요광문이 물었다.

"그런데 서륜주께서 여기는 어쩐 일이십니까?"

"……찾는 자가 있어서 왔소이다."

"찾는 자요?"

"이건 바깥에 알려져선 좀 곤란한 일이긴 한데 도움을 청하러 온 것이니 솔직히 말하겠소. 사실 얼마 전에 서륜에 있는 천마인(天魔印)의 한 조각을 도둑맞았소."

"허어, 그래요?"

천마인은 혁련휘가 모으고 있는 열쇠의 이름이었다.

천마인의 한 조각을 잃어버렸다는 말에도 요광문은 크게 동요하지 않는 모양새였다. 자신의 일이 아니라서이기도 했지만, 사실 천마인을 그리 중히 여기지 않는 탓이다.

오래전부터 내려오는 것이긴 하지만 유명무실한 물건이나 다를 게 없다.

전혀 쓸모없는 물건이지만 상징성을 지니고 있기에 어쩔 수 없이 지키고 있을 뿐이다.

사실 이런 생각을 가지고 있는 건 비단 요광문뿐만이 아니었다.

다른 세 곳의 수장들 또한 크게 다르지 않은 것이 지금의 현실이다.

그 열쇠에 별다른 의미를 두지 않았기에 동륜과 북륜에서도 그리 어렵지 않게 천마인의 조각들을 모을 수 있었던 것이었다.

물론 그렇다고 해서 직접 찾아와 달라고 말한다 하여 가만히 내어 줄 정도의 물건은 아니지만 말이다.

요광문이 말을 이었다.

"그래서요? 저희에게 도움을 받으시려는 게 뭡니까?"

"내가 알기로 이미 그놈이 다른 곳에서도 천마인을 훔친 모양이오. 움직이는 경로로 추측하건대 다음 목표는 분명 이곳으로 보이는데 말이오."

"……그거 재미있군요."

도둑들이 가득한 남륜에 도둑질을 하러 온다?

단순히 천마인이 자신에게 어떤 가치를 지니고 있는가를 떠나, 남륜 수장인 자신의 물건을 훔치려 한다는 것 자체가 이곳 자하도에서는 용납할 수 없는 일이었다.

재미있다는 듯이 비웃음을 흘리던 요광문이 말했다.

"서륜주가 원하시는 걸 말하시죠."

"도둑질당한 천마인의 회수, 그리고 그걸 훔쳐 간 놈의 목이오."

"서륜주께서 천마인을 그리 귀히 여기는 줄은 몰랐습니다."

말을 내뱉는 요광문을 향해 혁련휘가 표정을 잔뜩 찡그린 채로 말을 받았다.

"그게 무엇이든 간에 감히 내 물건에 손댄 놈을 용서할 수 없는 일 아니겠소?"

"하하, 그건 저도 동감입니다."

가볍게 말을 주고받으며 이곳에 온 연유를 밝혔던 혁련
휘가 슬그머니 말을 흘렸다.

"그나저나 놈의 수법이 참으로 교묘했소. 남륜주는 천마
인을 잘 보관하고 계신 게요?"

떠보는 혁련휘의 말에 요광문이 곧바로 대답했다.

"뭐 보통이죠. 딱히 그리 필요한 물건이라기보다는 상징
성을 지닌 물건인지라 대대로 남륜의 주인들이 묻히는 묘
지가 있는 사당에 놔뒀지요."

"이런, 그럼 그걸 지키는 이들이 별로 많진 않을 것 같은
데……."

"그렇죠."

무덤덤하니 고개를 끄덕이는 요광문을 바라보는 혁련휘
의 눈동자가 슬그머니 이채가 떠올랐다.

천마인의 위치를 확인하기 무섭게 혁련휘의 전음이 바깥
입구에 대기하고 있던 환야에게로 향했다.

『들었지? 두 사람 중 한 명이 움직여야겠어. 시간이 그
리 많지 않으니 서둘러.』

『알겠습니다, 대장.』

전음을 전달받은 환야는 지금 상황을 짧게 비설에게 알

렸고 이내 그녀는 자신이 가겠다는 듯 고개를 끄덕였다.

그러고는 슬그머니 그곳을 벗어나 방금 전 요광문의 입에서 나온 그 묘지를 찾기 위해 움직이기 시작했다.

환야에게서 비설이 움직였다는 전음을 전해 들은 혁련휘가 슬쩍 다리를 꼬며 말을 이어 갔다.

"분명 놈이 그곳을 찾아 움직일 테니 그 묘지를 지키는 병력을 늘리는 게 좋겠소. 아니면 아예 함정을 파서 놈이 들어오기를 노리는 것도 나쁘진 않을 것 같소."

말을 마친 혁련휘는 슬그머니 손으로 턱 부분을 어루만졌다.

급히 만든 물건인지라 인피면구가 버틸 수 있는 시간이 생각보다 그리 길게 남지 않은 상황.

비설이 빠르게 임무를 끝내고 돌아와야만 했다.

인피면구에 변화가 시작된다면 요광문이 그것을 놓칠 리가 없다.

상황은 다급했지만 혁련휘는 침착했다.

그 모든 것에는 비설에 대한 막연한 믿음이 깔려 있기 때문이다.

다른 사람도 아닌 그녀라면…… 뭐든 해낼 거라는 강렬한 믿음이.

3장. 천림

— 우리만 급한 건 아닐 텐데요

혁련휘와 떨어진 비설은 재빠르게 목적지를 향해 움직였다.

남륜의 주인인 요광문이 언급했던 천마인의 마지막 조각이 있다던 묘지는 어느 정도 거리가 떨어져 있는 곳에 위치해 있었다.

믿기 어려울 정도의 속도로 이곳까지 도달한 비설의 시선이 자연스레 그곳에 위치한 사당으로 향했다.

한 채로 이루어진 사당은 그래도 중요한 무덤을 상징하는 곳에 위치해서인지 제법 크기가 컸다. 거기에 건물의 외벽도 나름 화려했고, 신경 쓴 티가 역력히 드러날 정도였다.

그리고 그 사당의 입구를 두 명의 무인이 지키고 서 있었다.

허나 입구를 지키고 서 있는 무인들의 얼굴에는 누가 봐도 알 정도로 긴장감 하나 보이지 않았다. 특별한 일이 없는 이상 사람이 찾지 않는 곳이기도 했고, 이곳에서 별다른 일이 벌어질 거라고는 상상도 하지 못하고 있는 탓이다.

비설은 근처에 몸을 숨긴 채로 주변에 다른 뭔가가 있는 건 아닌지 침착하게 확인했다.

'진법이나 뭔가를 준비한 것도 아닌 것 같고, 다른 기척도 없는 것 같네.'

위험한 것이 없다는 판단을 내린 그녀가 조심스럽게 그들을 향해 다가가기 시작했다.

순식간에 지척까지 다가갔음에도 입구를 지키고 서 있는 둘은 비설의 존재를 눈치채지 못했다.

은밀하니 기척을 감춘 그녀의 몸이 허공으로 솟구쳐 올랐다.

그러고는 이내 기왓장 위에 소리 없이 착지한 비설은 슬그머니 건물 내부의 기척을 살폈다.

예상했던 대로 입구를 지키는 둘을 제하고는 아무도 없는 것이 확실해 보였다.

안의 기척까지 확인한 그녀는 곧바로 기왓장을 옆으로

치우고 이내 손바닥에 내공을 끌어모았다. 그러고는 슬쩍 힘을 주자 위쪽으로 커다란 공간이 생겨나 버렸다.

몸을 넣을 수 있을 정도의 구멍을 만들어 낸 비설은 곧바로 그곳을 통해 고개를 불쑥 들이밀었다. 밤이었지만, 사당 내부 곳곳에 위치해 있는 촛불 덕분에 안을 확인하는 건 그리 어렵지 않았다.

비설은 곧바로 휙 하니 바닥으로 뛰어내렸다.

내공을 이용해 몸을 깃털처럼 가볍게 만든 덕분에 제법 높은 곳에서 떨어져 내렸음에도 불구하고 조그마한 소리조차 울리지 않았다.

바닥에 착지한 그녀의 시선이 빠르게 주변을 훑었다.

곳곳에 자리하고 있는 위패들에는 이곳 남륜의 주인들이었던 이들의 이름이 빼곡히 적혀 있었다.

비설의 시선이 향한 곳은 사당 정중앙에 자리하고 있는 불상이었다.

불상의 아래에는 붉은 천이 깔려 있었고, 그 위에는 새카만 목각이 자리했다.

목각으로 다가간 그녀가 슬쩍 그 안의 내용물을 확인하기 위해 뚜껑을 열었다.

달칵.

열린 목각 내부에서 모습을 드러낸 건 여태까지 혁련휘

가 구하고 다녔던 천마인의 마지막 하나였다.

그녀는 목각 안에서 천마인만 꺼내어 품 안에 챙겨 넣었다. 그러고는 고개를 들어 구멍이 난 천장을 확인하고는 곧바로 발을 굴렀다.

그녀의 몸이 매처럼 날아올랐다.

휘이익.

단번에 구멍을 통해 바깥으로 빠져나간 그녀는 대충 기왓장을 위에 얹어, 최대한 구멍이 난 티를 감추려 애썼다.

바깥을 지키고 있던 이들이 내부를 확인하다가 곧바로 침입자가 있었다는 사실을 알 수 없게 하기 위해서다.

물론 잠깐 동안만 속일 수 있는 임시방편이긴 했지만 비설에겐 그 정도면 충분했다.

해가 뜨기 전까지는 그리 쉽사리 알아차리기 어려울 테고, 시간이 그쯤 됐을 때는 이미 자신들은 사라져 있을 테니까.

마지막 천마인을 찾아낸 비설은 곧바로 몸을 돌려 혁련휘가 있는 곳으로 이동하기 시작했다.

시간이 급하다는 건 이미 환야를 통해 이곳에 출발하기 전부터 전해 들었다.

인피면구가 그리 오래 버티지 못할 거라는 사실을 알기에 비설은 쉴 틈도 없이 곧바로 혁련휘가 있는 곳으로 복귀

해야 했다.

오는 내내 흔적을 남겨 둔 덕분에 그녀는 헤매는 일 없이 남륜의 거점에 도달할 수 있었다. 비설은 빠르게 남륜 수장의 거처로 돌아가 그곳을 지키고 서 있던 환야에게 전음을 날렸다.

『회수했어요. 형님에게도 말 전해 주세요.』

비설의 전음에 환야의 표정이 밝아졌다.

생각보다 인피면구를 쓴 이후 시간이 많이 지나 내심 걱정이 들던 찰나였다.

그러던 중 날아든 비설의 전음에 그는 안도의 한숨을 내쉴 수 있었다.

환야는 곧바로 안에 있는 혁련휘에게 전음을 보냈다.

『대장, 비설 복귀했습니다. 천마인도 찾았답니다. 슬슬 자리를 뜨시죠.』

환야의 전음을 전해 듣자 그곳에 앉아 억지로 시간을 끌고 있던 혁련휘가 짧게 기침을 했다.

"큼큼. 밤이 늦으니 슬슬 목이 가는 모양이오. 이만 좀 쉴까 하는데……."

"쉴 곳은 저희 쪽에서 알아봐 드리죠. 말씀하셨던 것처럼 사당 쪽 경비를 강화하고, 함정도 파두도록 하죠. 함정이 있는 줄도 모르고 들어왔다가 얼이 빠질 그 작자를 상상

하니 웃음이 다 나오는군요."

이미 그곳에 있는 천마인을 도둑맞았다는 것도 모르고 요광문은 비웃음을 흘렸다.

그런 그의 모습을 보며 혁련휘가 자리에서 일어났다.

"그쪽 일은 남륜주에게 부탁하겠소. 어떻게 준비할지는 내일 다시금 이야기 나누는 걸로 하고 그럼 밤도 늦었는데 쉬시오."

"그러지요, 서륜주."

말을 마친 요광문은 자신의 뒤편에 자리하고 있는 수하에게 쉴 곳을 안내해 주라는 명령을 내렸다.

그러자 수하가 고개를 끄덕이고는 혁련휘에게 다가왔다.

"안내하겠습니다."

"그러게."

혁련휘가 무덤덤하니 대꾸하고는 달치와 함께 바깥으로 걸어 나왔고, 그곳에는 환야와 비설이 자리하고 있었다.

혁련휘의 시선이 잠시 비설에게로 향했다.

그녀는 알아보기 힘들 정도로 짧게 고개를 끄덕였다. 그런 비설을 바라보며 혁련휘가 천천히 입을 열었다.

"이제 쉬러들 가자."

"예, 그러지요."

환야가 대답하면서 빠르게 혁련휘의 뒤로 따라붙었다.

천마인을 회수했으니 더는 이곳에서 볼일은 남아 있지 않았다.

그럼에도 불구하고 혁련휘 일행은 아무런 내색도 하지 않고 요광문이 붙여 준 이의 안내를 받으며 쉴 수 있는 방으로 이동했다.

요광문의 거처에서 어느 정도 떨어진 곳에 위치한 장소로 혁련휘 일행은 안내를 받았다.

방에 도착하자 수하가 짧게 말했다.

"필요하신 것이 있으시면 바깥에 말씀해 주시지요."

"그리하지."

"그럼 이만."

말과 함께 그가 사라졌고, 그제야 달치가 힘들다는 듯 자리에 주저앉았다.

달치가 투덜거렸다.

"달치 계속 서 있었더니 다리 아프다."

입을 꾹 닫은 채로 묵직한 분위기를 풍겨 대던 달치의 모습이 떠올랐는지 환야가 키득거렸다.

"그러게. 무게 잡고 서 있는 거 영 안 어울리던데."

환야가 달치를 놀리기 시작할 무렵 비설은 품 안에 지니고 왔던 천마인을 꺼내어 혁련휘에게 다가갔다. 그녀가 천마인을 내밀었다.

"형님, 여기요."

아직까지 인피면구를 쓰고 있는 혁련휘는 천마인을 건네받아 그것을 확인했다.

그러고는 이내 고개를 끄덕이며 그것을 품 안에 넣었다.

혁련휘가 그녀에게 물었다.

"별일은 없었고?"

"네, 그자 말대로 경비가 형편없던데요. 고작 두 명이 지키고 있더라고요. 그것도 바깥만요."

삼천기를 회수하기 위해 키워진 비설에게 그 정도 물건을 가지고 오는 건 일도 아니었다.

천마인까지 확인한 혁련휘는 더는 미련 없다는 듯 자신의 얼굴에 손을 가져다 댔다.

그리고…….

지이익.

흡사 종이가 찢어지는 듯한 소리가 나는 것과 동시에 혁련휘의 얼굴을 덮고 있던 인피면구가 뜯겨져 나갔다.

혁련휘는 아무렇지 않게 그것을 바닥에 툭 내던졌다.

피 한 방울 보지 않고 회수한 마지막 천마인.

아마도 내일 이곳을 찾아왔다가 뜯겨져 있는 인피면구를 발견한다면 그제야 속았다는 사실을 알고 방방 날뛰겠지만…….

그땐 늦었다.

이미 자신들은 이곳에 없을 테니까.

천마의 마지막 무공이 남아 있는 그곳으로 가기 위해 필요한 네 개의 천마인이 모였다.

모든 준비는 이제 끝났다.

혁련휘가 걸음을 옮겼다.

"가지."

자하도의 중앙, 천마의 땅이자 대부분이 숲으로 이루어진 탓에 천림이라 이름 붙여진 그곳으로 혁련휘 일행이 모습을 드러내고 있었다.

천림의 입구에 서자 비설은 눈을 크게 뜨고 주변을 두리번거렸다.

천림과 남륜의 경계에는 두꺼운 밧줄이 자리하고 있었다.

마치 들어가지 말라는 듯이 밧줄이 처져 있는 건너를 바라보며 비설이 혁련휘에게 물었다.

"이 건너가 천림이에요?"

"맞아."

자하도 자체가 중원보다 훨씬 흉흉한 곳이었지만 개중에서 천림은 위험천만하기 그지없는 곳이었다. 수많은 기인이사들이 존재하고, 그 누구도 왕이 될 수 없는 땅.

오로지 천마만이 이곳을 지배했고, 이후엔 아무도 이곳 천림의 주인으로 군림할 수 없었다.

환야는 천림의 입구에 선 채로 혀를 내둘렀다.

"여긴 여전히 섬뜩하네."

"아저씨는 자하도에서 살았었는데도 안 익숙해요?"

"천림은 특별한 곳이니까. 어지간한 놈이 아니고서는 이 밧줄을 넘지 않아."

사대마신이 다스렸던 동서남북의 땅 모든 곳은 천림과 이어져 있다. 그렇지만 그 땅에 발을 디디는 것은 극히 일부에 불과했다.

이곳에 들어선다는 건 곧 목숨을 걸었다는 걸 의미하는 것이었으니까.

말없이 모두가 밧줄 너머를 바라보고 있을 때 혁련휘가 천천히 손을 들어 올렸다. 그의 손이 길을 막고 있는 밧줄을 어루만졌다.

순간 어렸을 때의 기억이 떠올랐다.

살기 위해 자하도로 도망쳤고, 그러다가 오게 된 이곳 천림.

십여 년이 넘게 혁련휘가 살아왔던 이곳에서 그는 많은 일들을 경험했다.

물론 그 대부분이 생사를 오고 갔던 고통스러웠던 기억

들이긴 했지만 말이다.

당시에 혁련휘는 살기 위해 이 밧줄을 넘어섰다.

이 너머에 더 큰 지옥이 기다리고 있다는 사실을 알지 못하고.

그렇지만…….

밧줄을 쥐고 있던 혁련휘가 이내 천천히 발을 들어 올렸다. 그러고는 두꺼운 밧줄 너머 천림의 땅에 자신의 발을 디뎠다.

그렇게 밧줄 너머로 넘어선 혁련휘가 고개를 치켜들었다.

시간이 흐른 만큼 많은 것이 변했다.

살기 위해 어쩔 수 없이 넘었던 이 밧줄. 허나 이제는 도망치기 위해서가 아닌, 자신의 의지로 밧줄을 넘어섰다.

자하도에 들어선 지 다소 시간이 흘렀지만, 이곳 천림에 발을 디디고 나니 이제야 돌아왔다는 실감이 났다.

먼저 천림에 들어선 혁련휘가 힐끔 고개를 돌려 뒤편에 있는 세 명을 바라봤다.

그가 천천히 입을 열었다.

"거기서 뭣들 해? 안 넘어올 거야?"

"에이, 형님이 거기 있는데 제가 안 따라갈 리가 있나요. 어디라고 해도 따라갈 겁니다."

가장 먼저 비설이 환하게 웃으며 밧줄 너머로 휙 하니

뛰어올랐다.

그녀가 혁련휘의 옆에 와서 선 채로 웃고 있을 때였다.

뒤편에 남아 있던 환야가 투덜거렸다.

"하여튼 무서운 걸 모른다니까."

투덜거리면서도 환야는 옆에 있는 달치의 옆구리를 쿡 찔렀다. 그러고는 곧바로 말을 이었다.

"가자, 달치야."

"알겠다. 달치도 이 선 넘는다."

말을 마친 환야와 달치가 거의 동시에 밧줄 너머로 발을 디뎠다. 그렇게 천림에 들어선 두 사람 또한 혁련휘와 비설이 있는 쪽으로 다가왔다.

비설이 그런 둘을 바라보다 환야를 향해 장난스럽게 말했다.

"뭐 이렇게 늦게 오세요. 겁먹으신 거 아니죠?"

"겁먹긴 누가? 나도 이곳 자하도에서 꽤나 알아주던 실력자거든?"

환야가 콧방귀를 뀌며 말했다.

그러자 달치도 고개를 크게 끄덕이며 말을 받았다.

"맞다. 달치는 강하다. 천림도 안 무섭다."

떠들어 대는 세 사람을 바라보던 혁련휘가 짧게 말했다.

"수다는 그만하고 움직이지."

말을 끝낸 혁련휘가 몸을 돌려 다시금 걸음을 옮기기 시작했다. 그리고 그런 혁련휘의 뒤를 나머지 세 사람이 뒤따라 걷고 있었다.

마침내 돌아온 이곳 천림.

그리고 신도율을 막아 내기 위해 혁련휘는 이곳에서 반드시 얻어야 할 것이 있었다.

천마의 마지막 무공.

진아수라(眞阿修羅)를.

*　　　*　　　*

"후우."

거친 숨을 내쉬며 자리에 주저앉는 신도율의 행색은 엉망이었다.

피에 젖은 옷은 이미 원래의 모습을 알아보기 힘들 정도였다.

최근 들어 여기저기에서 불순한 움직임을 보여 왔고, 그 모든 것들을 신도율은 가차 없이 처벌했다.

그렇게 몇 개의 불순한 무리들을 모두 쓸어버렸거늘 여전히 마교 곳곳에서는 사건이 벌어지고 있었다. 그 말은 곧 자신이 제거한 자들 중에 이번 일의 가장 큰 배후가 없었다는 뜻이기도 했다.

불순한 뜻을 품은 자들이 누가 됐든 무차별적으로 살육을 벌인 탓에 오히려 다른 생각을 가졌던 많은 이들은 겁을 집어먹고 조용히 몸을 숙였다.

당장 겉보기엔 모든 게 정리된 듯 보이지만…….

'내게 적의를 품은 세력이 이리도 늘어나다니.'

최근 들어 처리한 무리들만 해도 그 숫자가 적지 않다.

피로 얼룩진 신도율의 처리 방식에 당장에야 겁을 먹고 자신의 말을 따르는 것처럼 보이겠지만 과연 그게 얼마나 갈까?

당장에야 두려움에 말을 듣고는 있지만 틈만 난다면 언제라도 등 뒤에 비수를 꽂으려 들 것이다.

허나 그건 상관없었다.

그 말은 곧 자신을 두려워하게만 만들 수 있다면 배신할 생각 따위 추호도 할 수 없다는 말이기도 했으니까.

모두가 두려워하는 존재.

평생을 그런 존재가 되는 건 그리 나쁘지 않았다.

물론 그러기 위해 흘려야 할 피의 양은 상상 이상이겠지만…… 그게 뭐가 그리 중요하단 말인가.

그로 인해 모두의 두려움을 얻을 수만 있다면 하찮은 목숨 따위 얼마든 죽어도 상관없었다.

다만 그러기 위해서는 흔들리지 않는 굳건한 뿌리가 필요했다.

그런데 그 뿌리가 되어 줘야 할 것들이 계속해서 흔들리고 있다.

정체 모를 일들을 벌이는 그 모종의 세력 때문에 말이다.

사실 가장 의심했던 건 십장로 쪽이었다.

오랫동안 마교의 고위층에 있었으니만큼 뭔가를 꾸미기에도 좋고, 반발이 큰 것도 당연했으니 말이다.

그랬기에 십장로들 위주로 조사를 하고 결국 모반을 꾀하는 이들도 한자리에 모아 깡그리 죽이는 성과를 얻어 내긴 했지만 그 안에 신도율이 찾던 자는 없었던 모양이다.

신도율은 어둠 속에서 홀로 상념에 잠겼다.

지금 움직이고 있는 그 알 수 없는 존재.

자신이 그자가 되어 생각해야만 했으니까.

만약에 그게 자신이라면? 그렇다면 다음엔 무슨 일을 벌일까?

생각이 꼬리에 꼬리를 물 듯 계속해서 퍼져 간다.

하나씩 머리에 떠올렸다 지우기를 반복하던 신도율.

'처음엔 물질적인 뭔가를 얻기 위한 놈인 줄 알았는데 말이야.'

그랬기에 십장로 쪽을 의심했다.

누군가가 혁련휘와 손을 잡고 뭔가를 얻기 위해 뒷공작을 펼친다 판단했던 거다.

허나 몇 번이고 여기저기를 들쑤시다가 문득 든 생각.

지금 자신이 쫓는 자가 원하는 게 물질적인 것이 아니라면?

혁무조의 얼굴로 귀신 행세를 했고, 마교의 의미 있는 장소에 방화를 하거나 죽은 혁무조의 서찰이 남아 있기도 했었다.

그리고 신도율의 편에 섰던 이들의 암살까지.

그로 인해 이득을 볼 수 있는 자들을 위주로 조사했고, 의심했다. 그렇지만 아무런 것도 나오지 않은 지금 신도율의 생각이 조금씩 다른 방향으로 향하고 있었다.

이처럼 여러 가지 일을 벌이며 얻을 수 있는 가장 큰 것이 무엇일까?

이마를 짚은 채로 고민이 이어져 가던 그때 신도율의 손에 묻었던 피가 천천히 흘러내려 바닥으로 뚝뚝 떨어져 내리기 시작했다.

바닥을 두드리는 핏방울 소리.

그리고 그 소리와 함께 불현듯 뭔가를 떠올린 신도율이 눈을 부릅떴다.

"……시간?"

자신의 지지 기반을 약하게 하고 뭔가 물질적인 부분의 이득을 노리는 게 아니다.

그저 시간을 끌기 위해 이목을 집중시킬 만한 사건을 일으키는 것이라면?

그 말은 곧 뭔가를 준비할 시간을 벌고 있다는 소리이기도 했다.

신도율이 자리에서 벌떡 일어났다.

어쩌면 잡지 못한 것이 당연했다.

단순히 시간만 벌기 위해 이 같은 일을 벌일 거라고는 생각하지 않았으니까.

신도율이 피 칠갑을 한 얼굴을 손바닥으로 스윽 닦아 내며 중얼거렸다.

"여태까지 애꿎은 곳만 들쑤시고 있었군."

물론 지금 자신의 판단이 맞다고 해서 바로 그 존재를 찾아낼 거라 생각하는 건 아니었다.

그토록 쉽게 잡아낼 수 있는 존재였다면 여태까지 조금 다른 길로 가고 있었다 해도 뭔가를 발견해 낼 수 있었을 테니까.

허나 이 사실을 깨닫게 된 이상 더는 그자의 그림자만 쫓지는 않을 것이다.

신도율이 큭큭 웃으며 중얼거렸다.

"아무래도…… 우리가 만날 날이 그리 많이 남지 않은 모양이구나."

*   *   *

북해빙궁에 들어온 지 어느덧 삼 일째.

그렇지만 부의민은 아직까지도 북해빙궁의 궁주를 만나지 못하고 있었다.

부의민과 함께 이곳까지 동행한 적인호와 스무 명의 마교 무인들 또한 마찬가지였다. 그들은 커다란 장원으로 안내받았고, 그곳으로 들어온 이후 계속해서 의미 없는 시간을 보내고만 있었다.

처음 이곳에 안내받을 때만 해도 곧 있으면 궁주를 만날 수 있을 거라 생각했던 부의민과 적인호의 예상은 산산이 부서졌다.

연신 면담을 요청했지만 이런저런 핑계를 대면서 북해빙궁의 주인은 이들과의 만남을 피했다.

이 장원 바깥으로는 나갈 수도 없는 상황.

부의민과 적인호가 삼 일 내내 만날 수 있었던 자는 이곳 장원을 관리하는 중년의 사내 하나뿐이었다.

그리고 둘이 머무는 방에 북해빙궁 소속의 중년 사내가

찾아왔다.

평범한 외모이긴 했지만 덩치는 제법 사내다웠고, 두 눈 동자에는 힘이 있었다.

중요한 손님을 맞는 장원이니만큼 그냥 하인이 아닌 북해빙궁의 무인이 관리하는 듯해 보였다.

그는 방 안으로 들어오더니 짧게 말을 꺼냈다.

"저녁 식사를 곧 준비해서 올리겠습니다."

저녁이라는 말에 침상에 누워 추위와 싸우고 있던 부의민이 결국 자리를 박차고 일어났다.

그가 짜증스러운 표정으로 말했다.

"이거야 뭐 돼지 키우는 것도 아니고, 삼시 세끼 밥만 주면 답니까?"

"갑자기 왜 그러시는지요?"

"왜인지 정말 몰라서 물으시는 겁니까? 벌써 삼 일쩹니다, 삼 일. 그리고 저녁 식사라고요. 이거 먹고 좀 있으면 사 일째가 되겠죠."

"아……."

중년 사내는 그제야 왜 부의민이 화를 내는지 알겠다는 듯 짧게 소리를 흘렸다. 그러고는 이내 웃는 얼굴로 말을 받았다.

"조금만 더 기다려 주시죠. 궁주님께 말씀은 올려놨지만 워낙 바쁘신 분인지라 시간이 좀 걸리시는 모양입니다."

말을 내뱉는 사내를 부의민은 말없이 물끄러미 바라봤다. 그런 그의 강렬한 시선 때문인지 사내가 물었다.

"왜 그리 보십니까?"

"지금 말하는 게 사실이기나 한 겁니까?"

"그게 무슨……."

"정말 만날 생각이 있으셨다면 아직까지 모습 한 번 안 비추는 게 말이나 된다고 생각하십니까?"

하루 이틀이야 그러려니 했지만 삼 일째에 들어서자 부의민은 지금 상황이 뭔가 이상하다고 판단한 것이다.

따지고 들어오는 부의민의 모습에 사내가 당혹스럽다는 듯이 말했다.

"손님으로 모자람 없이 모신 걸로 기억하는데요."

"이게 손님입니까? 죄수지."

아무 곳도 나갈 수 없고, 바깥과 어떠한 연락도 취할 수 없다.

부의민이 말한 대로 말만 손님이지 갇혀 있는 신세나 다를 것이 없는 것이다.

그런 부의민의 불만에 옆에 함께하던 적인호도 고개를 끄덕거렸다.

그라고 해서 어찌 불만이 없겠는가.

다만 어떻게든 이번 일정을 성사시켜야 혁련휘에게 도움이 된다는 사실을 알기에 꾹 참고 있을 뿐이었다.

적인호가 사내에게 말했다.

"부 회주가 말이 다소 격하긴 했지만 틀린 건 아니라 생각하오. 다시금 궁주님께 저희가 만나 뵙고자 한다고 전해 주시오."

"……알겠습니다. 그럼 식사들 하고 계시면 제가 가서 다시금 말씀 올리지요."

말을 마친 사내는 곧바로 방을 나갔고, 이내 그가 말했던 것처럼 식사가 들어왔다.

탁자에 마주 앉은 채로 두 사람의 식사가 끝나 갈 무렵이었다.

부의민과 적인호의 뜻을 전하겠다고 나갔던 사내가 다시금 방 안으로 모습을 드러냈다.

그의 등장에 적인호가 반갑게 맞았다.

"말씀은 전하셨소?"

적인호의 들뜬 목소리에 사내가 머뭇거리며 말을 받았다.

"전했습니다."

"뭐라고 하시오?"

"바쁘다고 기다려 달라고 하셨습니다."

"……뭐요?"

적인호의 얼굴이 붉게 돌변했다.

이토록 확실하게 의사 표현을 했거늘 돌아오는 대답은 또 기다리라는 것이다.

그런 대답에 남은 밥을 입에 털어 넣은 부의민이 소리 나게 젓가락을 내렸다.

탁.

갑작스러운 소리에 적인호와 사내의 시선이 부의민에게 향했을 때다.

부의민이 입가를 소매로 스윽 닦아 내고는 입을 열었다.

"아무래도 이거…… 궁주님이 우릴 가지고 장난이라도 치시는 모양입니다?"

"장난이라니요. 몇 번이고 말씀드렸잖습니까. 바쁘셔서 이곳에 오시기가 힘들다고 하십니다."

"아무리 바쁘시다고 해도 교주님의 뜻을 전하러 온 저희에게 이리 대한다는 건 이해가 안 되는데요?"

부의민은 지금의 이 상황을 전혀 이해할 수가 없었다.

그렇지만 분명한 건 더는 이런 의미 없는 장난질에 놀아나며 북해빙궁에 발이 묶여 있을 생각이 없다는 거다.

부의민의 말에 사내가 웃는 얼굴로 말했다.

"그래도 궁주님이 그리 말씀하셨으니 기다리시지요."

"아무래도 그러기는 힘들 것 같군요. 당장에 만나 뵙고 싶은데요."

"어렵습니다. 궁주님께서 이리 말씀하셨거든요. 급한 사람이 기다리는 건 당연한 것이 아니냐고요."

사내의 그 한마디에 부의민과 적인호 두 사람의 표정이 딱딱하게 굳었다. 급한 사람이 기다리는 게 당연한 거 아니냐는 그 한마디에 담긴 여러 가지 의미를 느낀 탓이다.

부의민은 생각했다.

'설마 여태까지 시간을 끈 것이 대화의 주도권을 쥐고자 한 것인가?'

말대로 도움을 청하러 온 것은 마교고, 당연히 시간을 끔으로써 점점 달아오르게 만든다면 추후에 궁주와의 자리에서 아무래도 굽히고 들어가기 마련이다.

북해빙궁의 궁주가 시간을 끌고 있는 건 그 자리에서 자신들이 힘을 가지고자 하는 게 분명했다.

분명 혁련휘는 부의민에게 많은 것을 내줬다.

그를 대신해 모든 걸 결정할 수 있는 결정권을 준 것이다.

북해빙궁이 원하는 많은 것들을 내줄 수 있는 힘이 지금의 부의민에겐 있었다.

하지만…….

'마음에 안 들어.'

자신을 무시하는 건 상관없었다.

그렇지만 지금 자신은 마교 군룡회의 수장으로, 혁련휘의 명을 받들고 이곳에 왔다. 그런 자신을 이토록 가지고 논다는 건 마교를, 그리고 혁련휘를 우습게 여긴다는 말뜻이 되어 버린다.

결국 이런 상황에서 순순히 그들 손바닥 위에서 놀아난다면 혁련휘의 꼴 또한 우습게 여겨질 수밖에 없었다.

어쩔 줄 몰라 하며 적인호가 입술을 깨물고 있는 그때 부의민이 말했다.

"말씀 좀 올려 주시죠."

"방금 전에 말씀드렸던 것처럼 기다리셔야……."

그 순간 사내의 말을 자르며 부의민의 입에서 충격적인 이야기가 흘러나왔다.

"한 시진만 기다리겠다고 전해 주시죠. 그 시간 안에 오지 않으신다면 저희의 제안은 들으실 생각이 없다고 여기고 북해빙궁을 바로 떠나겠습니다. 이건 제가 내미는 최후통첩입니다."

생각지도 못한 부의민의 한마디에 적인호도, 이야기를 들은 사내도 놀란 얼굴로 그를 멍하니 바라봤다.

놀란 적인호가 나서려 하자 부의민이 손을 들어 그를 저지했다.

"여기의 모든 전권은 제가 위임받았습니다. 그러니 가주님은 따라 주셔야 합니다."

"……알았네."

결국 적인호로서도 고개를 끄덕일 수밖에 없었다.

순식간에 분위기가 돌변하자 사내는 이해가 안 된다는 듯 말했다.

"지금 같은 상황에 이곳까지 오셨다는 건 그리도 중요한 일이라는 것인데, 이토록 쉽게 포기하셔도 되겠습니까?"

"이게 포기한 걸로 보입니까?"

부의민이 히죽 웃었다.

애초부터 부의민은 이곳 북해빙궁을 떠날 생각이 없었다.

혁련휘는 마음대로 하고 오라며 부의민에게 힘을 실어 줬다.

만약 실패한다고 해도 다른 작전이 준비되어져 있다고 안심까지 시켜 줬다.

그렇지만 부의민도 안다.

지금의 최선은 북해빙궁의 힘을 빌리는 것이라는 걸. 그걸 아는 부의민이 그저 기분이 나쁘다는 이유로 이 같은 패를 꺼낸 게 아니다.

그는 알고 있었다.

자신들이 북해빙궁이 필요한 것처럼, 그들 또한 마찬가

지라는 사실을.

부의민이 천천히 입을 열었다.

"말씀하셨지요? 급한 사람이 기다려야 하는 거 아니냐고. 그러면 이 말을 궁주님께 전해 주시죠. 급한 것이……
우리뿐이냐고."

말을 하는 부의민의 눈동자가 의미심장하게 빛났다. 그리고 이야기를 듣던 중년 사내는 그 한마디에 표정이 구겨졌다.

그가 물었다.

"……무슨 말입니까?"

"이대로 있다가는 중원으로 향하는 길목을 모두 다른 새외 세력들에게 내주게 생겼는데 그렇게 된다면 과연 북해빙궁의 미래는 어찌 될지 아마도 궁주님은 잘 알고 계실 겁니다. 우리가 급한 건 사실이지만 이대로 손 놓고 보고 있지 못하는 건 이곳 북해빙궁도 마찬가지라는 것이지요."

부의민의 말을 가만히 듣고 있던 적인호가 놀란 얼굴로 고개를 끄덕였다.

생각지도 못했던 부분을 정확하게 치고 들어가는 부의민의 언변에 실로 놀랄 수밖에 없었다.

생각해 보니 이번 계획은 자신들이 무작정 도움을 받는 게 아니었다.

북해빙궁의 입장에서도 신도율과 손잡은 다른 새외 세력들이 중원을 집어삼킨다면 미래를 장담할 수 없게 되는 건 매한가지였다.

신도율은 물론이거니와, 오래전부터 북해빙궁과 원한 관계가 얽혀 있는 새외 세력들이 그들을 가만두지 않을 테니 말이다.

부의민을 바라보며 적인호는 감탄할 수밖에 없었다.

'정말 대단한 친구로군그래. 저런 사내가 얼마 전까지 일개 학관의 교관이었다니…….'

분명 이처럼 중요한 핵심을 파악한 것도 놀랍다.

그렇지만 더 놀라운 건 이 같은 상황에서 저런 걸 이용해 상대를 오히려 압박해 들어가는 저 믿을 수 없는 도량이다.

보통 사람이라면 혹시 모를 실패가 두려워 쉽사리 입 밖에 꺼내기 어려운 걸, 이토록 용기 있게 꺼내다니…….

적인호가 감탄하고 있는 그사이, 앞에 자리하고 있던 사내는 아무런 말도 하지 못하고 있었다.

그런 그를 향해 부의민이 웃음기 가득한 얼굴로 말했다.

"뭐하십니까? 이 말씀 그대로 좀 전해 주시죠."

"……."

그 순간 가만히 서 있던 중년 사내가 갑자기 바깥으로 나가기는커녕 안으로 더 걸어 들어왔다. 그러고는 두 사람이 자리하고 있는 탁자로 다가와 의자를 잡아당기고는 갑자기 착석했다.

갑작스러운 그의 행동에 부의민이 눈썹을 찌푸리며 물었다.

"궁주님께 제 뜻을 전해 드려서 회동을 가질 수 있도록 해 달라고……."

그때였다.

사내가 차갑게 말했다.

"전할 필요 없어. 이 두 귀로 직접 똑똑히 들었으니까."

"……?"

돌변한 사내의 말투에 부의민과 적인호가 의아한 표정을 지어 보였다. 그렇지만 이내 두 사람의 표정이 약속이라도 한 듯이 돌변했다.

놀란 듯이 눈을 치켜떴던 부의민이 천천히 입을 열었다.

"설마……."

그런 부의민을 바라보던 중년 사내가 천천히 입을 열었다.

"성공했군그래. 날 화나게 하긴 했지만 최소한 자네 앞에 궁주로서 앉히게는 했으니 말이야."

삼 일 동안 두 사람의 옆에 자리했던 중년의 사내, 그는 다름 아닌 북해빙궁의 궁주 설천강(雪天强)이었다.

4장. 북해빙궁

— 이깁니다

북해빙궁에 온 이후부터 계속 옆을 지켜 왔던 상대가 다름 아닌 이곳의 궁주인 설천강이라는 사실을 안 부의민의 표정은 일그러질 대로 일그러졌다.

　　그런 부의민을 향해 설천강이 말을 이었다.

　　"재미있군. 한 사나흘 정도는 더 속이려고 하던 내가 직접 정체를 드러내게 만들 줄은 몰랐거든."

　　변해 버린 말투, 그리고 동시에 타오르듯 강렬해진 눈동자까지.

　　그런 그를 바라보는 부의민은 마른침을 삼켰다.

　　'왜 몰랐던 거지?'

자리에 앉기 무섭게 변해 버린 설천강에게서는 하나의 지역을 손에 쥐고 뒤흔드는 절대자의 풍모가 풍겨져 나왔다.

만약 조금이라도 이런 분위기를 느꼈다면 여태까지 자신들 옆에 있던 그를 평범한 무인이라고 판단하지는 않았을 것이다.

이런 기운을 풍겨 대는 자가 보통 무인일 리는 없으니까.

부의민이 물었다.

"……북해의 주인이십니까?"

"맞아. 내가 바로 북해빙궁의 궁주, 설천강이네."

대답을 듣자 부의민과 적인호가 동시에 자리에서 벌떡 일어나 포권을 취하며 예를 갖췄다.

그런 그를 향해 설천강이 손을 휘휘 저으며 말을 이었다.

"인사는 며칠 전에 해 놓고 무슨 또 인사들인가."

"그때 인사드렸던 건 궁주님이 아니었으니까요."

"하하, 그런가?"

당시에는 궁주가 아닌 이곳 장원의 관리자 무인 행세를 했으니, 실제로 제대로 된 인사는 지금이 처음이었다.

설천강이 의자를 가리키며 말했다.

"자리에들 앉지."

그의 말에 부의민과 적인호는 서로의 얼굴을 슬쩍 바라

보고는 이내 다시금 자리에 앉았다.

부의민이 입을 열었다.

"뭐 자기소개는 굳이 안 해도 되니 좋군요."

이미 부의민이나 적인호가 각자 누구인지 옆에서 봐 왔으니 잘 알지 않겠느냐는 듯한 말투에 설천강 또한 고개를 끄덕였다.

그러고는 이내 도전적인 눈빛을 한 채로 설천강이 슬그머니 입을 열었다.

"자, 그럼 묻지. 마교 교주의 뜻을 전하러 왔다고 하던데 둘 중 누구를 말하는 겐가?"

그 한마디에 부의민의 눈썹이 꿈틀했다.

지금 설천강은 혁련휘와 신도율, 둘 중 누구를 대신하여 왔냐고 묻는 것이다.

허나 군룡회의 회주인 부의민이 왔는데 그 대상이 누구일지 모를 리는 없을 터. 더군다나 며칠 동안이나 옆에서 보아 오지 않았던가.

다 알면서도 이런 질문을 던진다는 걸 알면서도 부의민은 일말의 동요도 하지 않았다.

오히려 웃으며 그가 말을 받았다.

"……무슨 말씀이신지 전혀 못 알아먹겠는데요? 세상에 마교 교주님은 한 분뿐이지요."

불만을 감추는 것이 고작일 거라 여겼던 설천강은 전혀 모르겠다는 듯 말하는 부의민의 대답에 피식 웃음을 흘렸다.

자신을 이 자리에 앉힌 것부터 해서 툭툭 내뱉는 말 한 마디 한 마디가 흥미를 일게 만든다.

설천강이 두 손을 가볍게 든 채로 짧게 말했다.

"내가 말실수를 한 모양이군. 사과하겠네."

더는 쓸데없는 말장난을 할 생각 없다는 듯 설천강이 말을 끝내자 기다렸다는 듯 부의민이 말을 받았다.

"그럼 바로 본론으로 들어가기에 앞서 하나만 물어봐도 됩니까?"

"뭔가?"

"왜 정체를 숨기고 옆에 계셨던 겁니까?"

그냥 모르는 척 넘길 거라 여겼던 것에 대해 물어 오자 설천강은 잠시 멈칫했다.

그렇지만 이내 얼굴에 다시금 여유를 되찾고는 대답했다.

"알아야 했으니까."

"알다니요?"

"마교 교주가 엄선해서 보낸 자들이 어떤 자들인지를 알고 싶었다네. 원래 아랫사람을 보면 그 윗사람이 어떤지 알 수 있는 법이니까."

이들의 제안을 직접적으로 들은 건 아니지만 설천강이 바보가 아닌 이상 지금 같은 상황에 그들 쪽에서 요청할 것이 무엇인지 너무도 잘 알고 있다.

손을 잡고 지금 마교를 장악한 신도율 측과의 전쟁을 원할 것이다.

새외를 대표하는 세력 중 유일하게 그들과 손잡지 않은 게 북해빙궁, 당연히 천하가 신도율의 손에 들어간다면 자신들로서도 큰 난관에 봉착하게 될 거라는 건 안다.

하지만 그렇다고 해서 무작정 반대편의 손을 잡는다? 그건 더 어리석은 짓이다.

지금이야 어떻게든 신도율의 아래로 들어가는 게 가능하지만 그렇게 대놓고 적의 편에 붙는다면 그때는 그것도 불가능할 테니까.

그랬기에 알고자 한 것이다.

같이 목숨을 걸어도 될 자들인지, 아닌지를.

마교의 교주가 엄선해서 보낸 이들이라면…… 이들의 저력이 최소한 어느 정도 되는지는 파악할 수 있다 여겼다.

설천강의 짧은 한마디에 부의민은 그가 하고자 하는 말을 파악할 수 있었다.

"저희와 손을 잡아도 될지 안 될지를 정체를 감추고 옆에서 보시면서 고민하셨다 이 말이로군요."

"맞아. 내가 궁주라는 사실을 알았다면 자네들의 행동도 바뀌었을 테지. 그래서 가짜 신분으로 둘의 옆에 있었다네."

설천강의 말에 부의민과 적인호는 고개를 끄덕였다.

신분을 감춘 채로 옆에서 지켜보고 있었다는 것이 그리 좋진 않았지만, 북해빙궁의 입장에서는 신중하게 접근할 수밖에 없다는 걸 이해했기 때문이다.

설천강 또한 지금 자신들이 찾아온 이유나, 또한 무림의 돌아가는 형세를 어느 정도 잘 알고 있다 여겼기에 부의민이 단도직입적으로 물었다.

"그래서 마음의 결정은 내리셨습니까?"

"……아직 고민 중이네."

설천강은 고개를 절레절레 저었다.

사실 결정을 내리는 게 쉬운 일은 아니었다. 지금 자신의 한마디로 수만 명에 달하는 북해빙궁 사람들의 운명이 바뀔 테니까.

무인들뿐만이 아니다.

이곳에 살아가는 평범한 사람들, 힘없는 여인과 아이들까지 모두 죽을지도 모른다.

그랬기에 설천강은 섣부르게 판단을 내릴 수가 없었던

것이다.

그런 그를 바라보며 부의민이 입을 열었다.

"신도율이 천하를 집어삼키면 그다음 목표는 북해빙궁이 될 겁니다."

"……그 전에 그에게 머리를 굽힐 수도 있지."

"그게 가능하시겠습니까?"

북해빙궁은 예로부터 자존심이 무척이나 강했다.

그런 그들이 누구의 아래로 들어간다는 건 무림 역사상 단 한 번도 없었던 일이다.

어려운 일이라는 걸 알기에 설천강이 쉬이 말을 잇지 못하고 있을 때 부의민이 다시금 말했다.

"그리고 과연 다른 새외 세력들이 북해빙궁을 그냥 둘까요?"

처음부터 신도율과 함께 움직이기 시작한 남만야수궁, 포달랍궁과 광풍사는 북해빙궁이 뒤늦게나마 자신들이 얻을 이익을 나눠 가지려는 걸 결코 용납지 않을 것이다.

오히려 북해빙궁을 무너트리고 그들이 지닌 것마저 빼앗으려 들 것이 자명했다.

지금 부의민이 내뱉은 말, 이 모든 건 이미 설천강 또한 고민하고 있는 부분이었다. 당연히 그들은 양보하지 않을 것이고, 자신들을 없애기 위해 혈안이 될 것이다.

천하를 집어삼킨 이상 신도율이 굳이 북해빙궁과 손을 잡으려 할 이유도 없을 테고.

침묵하고 있던 설천강이 슬그머니 입을 열었다.

"하나 있다네. 늦어 버린 지금에라도 신도율 아래로 우리가 들어갈 수 있는 방법 하나가."

"그게 무슨……."

"바로 자네들의 목이지."

말을 마친 설천강이 두 손을 탁자에 올려놓았다. 그러자 그의 손바닥에서 뿜어져 나오기 시작한 한기가 탁자를 순식간에 얼음으로 만들어 버렸다.

쩌저적.

그리고 동시에 금이 가기 시작한 탁자는 그대로 몇 조각이 나며 조금씩 부서져 내렸다.

그가 여전히 의자에 걸터앉은 채 싸늘한 시선으로 부의민과 적인호를 향해 말했다.

"어떤가? 둘의 목이라면 신도율이 받아 줄 것 같지 않은가?"

말을 끝낸 설천강의 몸 주변에서 차가운 한기가 뿜어져 나오기 시작했다.

북해빙궁 특유의 무공이 그 기운을 토해 내고 있는 것이다.

순간적으로 돌변하며 기운을 뿜어 대는 설천강을 보며 적인호는 슬쩍 손을 아래로 내렸다.

최악의 경우 그가 자신들에게 공격을 펼친다면 막아 내기 위함이다.

하지만 상대가 북해의 최강자인 설천강인 이상 제아무리 적인호라 해도 승산은 없었다.

'……망할.'

적인호가 이를 갈 때였다.

부의민이 태연하게 말했다.

"그러실 생각 없으신 것 압니다. 만약 그러려고 했다면 저희가 잘 때 그랬으면 될 일 아닙니까?"

"……."

부의민의 말에 설천강은 서서히 뿜어내던 내공을 회수했다. 물론 부의민의 이야기대로 도움을 청하기 위해 찾아온 이 둘을 당장에 죽이지는 않을 것이다.

하지만 하나 틀린 게 있었다.

설천강이 천천히 말했다.

"맞아. 당장에 자네 둘을 죽이지는 않을 걸세. 허나 그 말은 틀렸어. 사실…… 둘을 죽여서라도 난 내 백성들을 지키고 싶다네."

자신의 사람들을 지켜 낼 수만 있다면 설천강은 무슨 짓이라도 할 수 있었다.

설천강이 재촉하듯 말했다.

"그러니 나에게 말해 보게. 내가 자네 둘을 죽이지 않아야 할 이유를 말이야. 왜 내가 신도율이 아닌 자네들과 함께해야 할지를 설득시켜 보란 말일세."

"간단합니다. 저희 쪽의 손을 잡는 게 피해가 덜할 테니까요."

"피해가 덜하다?"

무슨 말이냐는 듯 묻는 설천강을 향해 부의민이 웃는 얼굴로 말했다.

"북해빙궁이 신도율 쪽으로 넘어가게 된다면 저희에겐 참으로 무서운 적이 생기는 게 되겠지요. 지형상 저희를 완전히 감싸 안는 형국이 될 수 있을 테니까요."

"그래서?"

"가장 위험한 적을 등 뒤에 두고 싸우는 건 어리석은 자들이나 할 짓 아니겠습니까?"

부의민의 그 말의 의미를 알아들었는지 설천강의 표정이 변했다. 그리고 동시에 적인호 또한 놀란 얼굴로 부의민을 바라봤다.

지금 부의민이 하고자 하는 말은 명확했다.

설천강이 노한 얼굴로 힘겹게 말을 이었다.

"지금 그 말은…… 우리를 먼저 치겠다 이건가?"

"맞습니다. 이곳이 저희의 첫 목표가 되겠지요."

"감히!"

설천강이 발을 구르며 자리에서 벌떡 일어났다.

땅이 지진이라도 난 것처럼 흔들렸고, 방 안의 모든 것들이 순식간에 얼어붙었다.

콰드드득.

얼어붙어 한기가 풀풀 풍기는 방 안에서 설천강이 분노한 눈으로 부의민을 노려봤다. 엄청난 살기와 뼛속까지 밀려들어 오는 지독한 한기에 부의민은 가볍게 몸을 떨었다.

그렇지만 부의민은 떨리는 주먹을 꽉 움켜쥐었다.

반드시 해내야만 했다.

어떻게든 이들을 같은 편으로 만들어야만 한다.

설천강이 두 눈을 부릅뜬 채로 말을 이었다.

"내 앞에서 우리 북해빙궁을 치겠다고 지껄이다니. 네놈이 정녕 살아서 나갈 생각이 없는 모양이로구나."

혁련휘의 병력이 움직인다면 북해빙궁은 분명 괴멸하게 되고야 말 것이다. 지금이야 변방을 지키고 중원 곳곳에 자리하고 있긴 하지만 그 숫자가 모두 북해로 치고 올라온다면 결코 막아 낼 수 있는 수준이 아니었다.

하물며 신도율의 아래로 들어간다 해도 그들의 병력이

직접적으로 자신들을 돕는 건 무리다.

거리상 아예 반대편에 위치하고 있는 탓에, 절대 혁련휘의 병력보다 먼저 도달할 수 없기 때문이다. 그 말은 곧 북해빙궁의 몰락을 의미했다.

화를 내는 설천강의 기세에 눌릴 법도 하련만 부의민은 애써 말을 이어 나갔다.

"북해빙궁의 전력이 대단하긴 하지만 저희 측과 전면전이 벌어진다면 결국 전멸을 피하시기는 어려울 겁니다. 자, 여기까지는 저희 적이 된다고 했을 때 가정이고 반대의 경우에 대해 말씀드리죠."

"시끄럽다! 감히 우리 북해빙궁을……."

더는 들을 필요도 없다는 듯 손을 추켜올리는 설천강을 부의민은 얼음으로 되어 버린 의자에 앉은 채로 묵묵히 올려다봤다.

그 시선을 보는 순간 설천강은 멈칫할 수밖에 없었다.

자신을 바라보는 시선에 자신도 모르게 멈춰 버린 그때 부의민이 천천히 말했다.

"화는 제 이야기가 끝난 이후에 하셔도 늦지 않으십니다."

"……지껄여 보거라."

"아시는 것처럼 저희가 원하는 건 북해빙궁의 힘입니다.

단, 북해빙궁이 신도율 쪽과 싸울 필요는 전혀 없습니다."

"그게 무슨 말인가?"

당연히 북해빙궁의 무인들과 합류하여 마교까지 진격하기를 원할 거라 생각했거늘, 이들이 원하는 건 그게 아니었던 것이다.

부의민이 말했다.

"그들과 직접적으로 싸우는 건 마교의 무인들이 될 겁니다."

"그렇다면 우리에게 부탁하려고 한 일이란 게 무엇이란 말인가?"

"간단합니다."

말을 마친 부의민이 품에 준비해 두었던 커다란 지도를 양손으로 쫙 펼쳤다.

그러고는 이미 부서져 있는 탁자의 한 부분에 그 지도를 올린 채로 한쪽을 가리켰다. 그곳은 북해빙궁과 중원이 밀접하여 있는 부분이었다.

"여기서부터 여기까지. 지금 마교의 무인들이 새외의 병력들을 막아서고 있는 이곳을 막아 주시면 됩니다."

"……그들을 막아 달라?"

"현재 저희 쪽 무인들이 지키고 있는 구역의 절반가량이긴 하지만 직접적으로 마교로 치고 들어가는 것보다 인명 피해는 훨씬 적을 겁니다. 그리고 신도율이 무서우시다면 저희와의 동맹을 감추시고 이들 새외 세력과의 개인적원한 관계로 인해 싸움이 시작됐다고 핑계를 대도 좋겠군요."

부의민이 부서진 탁자 위에 올려 둔 지도의 일부분을 물끄러미 바라보는 설천강의 얼굴에서는 방금 전까지 느껴졌던 노한 기색은 깨끗하게 사라졌다.

대신하여 뭔가 깊이 고민하는 얼굴로 지도를 바라만 볼뿐이었다.

'마교까지 진격이 아닌, 이곳 길목들을 막아 달라는 건데……'

넓게 펼쳐져 있는 구역들을 보며 설천강은 북해빙궁의무인들과, 이곳에서 싸워야 할 상대들을 빠르게 파악해 냈다.

북해빙궁이 새외에서 가장 강한 힘을 지니고 있다고는하지만 이들 모두를 쓸어버릴 순 없다.

그렇지만…… 막기만 하는 거라면 이야기는 다르다.

사실 지금도 새외 세력들은 전력으로 마교의 병력들과싸우고 있지 않다.

이유가 뭐겠는가?

그들로서도 피해를 입고 싶지 않아서다.

현재 신도율 쪽에서는 병력이 따로 움직이지 못하고 있고, 새외 세력들은 각자의 피해를 최소화하기 위해 눈치껏 작은 마찰 정도만 일으키고 있는 상황이다.

이 싸움에서 신도율이 이긴다 해도 정작 자신들이 큰 피해를 입는다면 아무런 득을 볼 수 없기 때문이었다.

그랬기에 그들은 마교의 병력들의 발목을 잡아 두는 선에서만 계속해서 싸움을 이어 갔다.

아마 북해빙궁이 이곳을 막는다고 해도 그들은 쉽사리 싸움을 걸지 않을 것이고, 피해는 생각보다 적을 확률이 높았다.

한참을 지도를 바라보던 설천강이 침묵을 깨고 입을 열었다.

"한마디로 우리가 이곳을 막아 주는 동안 움직일 수 있는 병력들을 동원해서 신도율을 치겠다 이 말이로군."

"맞습니다."

"하지만 우리만으로 되겠는가? 우리는 고작 절반 정도만을 막을 수 있을 뿐이네. 이곳을 지키던 마교의 무인들이 움직인다고 해도 그 숫자가 그리……."

"걱정 안 하셔도 됩니다. 이미 또 다른 비책이 준비되어 있으니까요."

"다른 비책이라……."

부의민의 말에 설천강이 조용히 읊조렸다.

지도상으로 보았을 때는 자신들을 제외하고 도와줄 그 어떠한 세력도 보이지 않거늘 대체 무엇을 준비했단 말인가?

물론 그것이 비설이 속한 북천회라는 사실을 부의민은 굳이 언급하지 않았다.

말없이 서 있는 설천강을 향해 부의민이 물었다.

"어떠십니까? 북해빙궁 무인들의 피해도 훨씬 적을 테고, 핑곗거리만 잘 만들어 둔다면 신도율에게 직접적으로 칼을 겨눈 것도 아니니 은근슬쩍 넘어갈 수도 있을 텐데요."

"……."

말대로 사사로운 원한이었다 핑계를 댈 수도 있겠지만 결과론적으로 신도율을 방해한 건 사실, 그가 결코 그냥 넘어가지는 않을 것이다.

다만 그걸 알면서도 설천강은 자신의 생각이 점점 한쪽으로 향하고 있다는 걸 알고 있었다.

어차피 이대로 있다가는 북해빙궁은 쇠락하고야 말 것이다.

그리고 지금 내밀어진 손.

저 손이 과연 자신들의 목숨을 구제해 줄 것인지, 아니면 더욱 깊은 나락으로 빠트려 버릴 건지는 알 수 없었다.

하지만 하나 분명한 게 있었다.

만약 신도율의 손을 드는 그 즉시 혁련휘를 따르는 마교의 병력들이 북해빙궁으로 올 거라는 걸. 그리고 그 싸움의 결과는 확실했다.

반면에 혁련휘와 신도율의 싸움은…….

설천강이 물었다.

"이 싸움의 승산 얼마로 보지?"

진지한 목소리에 부의민이 그의 두 눈을 똑바로 응시한 채로 대답했다.

"저희가 이깁니다."

"대체 어떻게 그리 자신하지?"

이해가 안 된다는 듯 물어 오는 설천강을 향해 부의민이 웃는 얼굴로 대답했다.

"나중에 보시면 압니다."

"뭘 말인가?"

"우리 교주님이요. 우리 교주님을 보시면 알게 될 겁니다. 왜 제가 이렇게 승리를 자신하고 있는지를요."

함께해 오면서 봐 왔던 혁련휘라는 사내의 놀라움을 어찌 말로 표현할 수 있을까?

말없이 서 있는 설천강을 향해 부의민이 말을 이었다.

"그분은 혼자의 몸으로 마교 지존의 자리에 오르신 분입니다. 그분이 제게 말했습니다. 이 싸움 반드시 이길 거라고. 그러니 전 이 말씀밖에 드리지 못하겠습니다. 저희가…… 이길 거라고요."

흔들림 없는 눈동자와 힘 있는 목소리.

그런 부의민의 모습을 보던 설천강 또한 자신도 모르게 마른침을 삼켰다.

이토록 누군가에게 확고한 믿음을 줄 수 있다는 것에 소문만 무성했던 그 마교의 교주라는 사내가 궁금해지고 있었다.

괜히 그 자신감 가득한 모습이 보기 싫었는지 설천강이 퉁명스레 말했다.

"뭐, 그래. 말대로 내가 자네들 편을 들었다 치지. 그럼 자네들은 나에게 무엇을 줄 수 있겠는가?"

설천강의 물음에 부의민이 곧바로 대답했다.

"중원과의 자유 무역로를 십 년 내드리지요. 백 일 정도 그곳을 막아 주고 십 년이라면 충분히 이득 아닙니까?"

자유 무역로라는 말에 설천강의 눈동자가 빛났다.

이번 새외 세력들이 신도율의 편을 든 이유 중 하나가 바로 이것 때문이 아니던가.

그걸 단독으로 가질 수 있다면 북해빙궁에겐 엄청난 이

득이 될 것이다.

눈을 빛내던 그가 빠르게 말했다.

"이십 년으로 하지."

부의민이 질 수 없다는 듯 대답했다.

"십이 년."

"십팔 년!"

버럭 소리치는 설천강을 향해 부의민이 다시금 말했다.

"십오 년. 이 이상은 양보 못 해 드립니다."

"……십오 년이라."

단독으로 십오 년간을 중원과의 거래가 가능해진다면 그건 북해빙궁의 입장상 엄청난 이득이었다. 내심 조금 더 부르지 못해 아쉽긴 했지만 설천강 또한 알고 있었다.

더 기한을 올리는 건 아무리 지금 같은 상황이라 해도 욕심이라는 걸.

입맛을 다시는 설천강을 바라보던 부의민이 물었다.

"이제 슬슬 저희 쪽이 내민 제안에 대한 대답을 들어도 되겠습니까?"

물어 오는 부의민을 바라보던 설천강이 못내 아쉽다는 듯 말했다.

"십칠 년은 어떤가?"

그리고 그런 그의 물음에 부의민이 딱 잘라 말했다.

"안 됩니다."

"에잇, 망할! 알겠다 그래. 십오 년, 십오 년으로 하지."

버럭 소리를 내질렀던 설천강은 이내 고개를 잠깐 치켜들고는 길게 숨을 들이마셨다.

수많은 생각들이 빠르게 떠올랐지만, 결국 답은 하나였다.

부의민이 내민 채찍과 당근 모두가 북해빙궁 입장에서는 거절할 수 없는 상황이었기에.

이내 들이마셨던 숨을 내뱉은 설천강이 입가에 미소를 머금은 채로 말했다.

"함께하지."

*　　　*　　　*

자하도 천림.

천마가 마지막까지 다스렸던 땅이자, 자하도 내에서 가장 위험하고 또 성스러운 장소가 바로 이곳이다. 다른 지역과 달리 그 누군가가 우두머리로 있을 수 없는 이곳은 무법지대와 다름없었다.

강한 자가 법이 되는 자하도의 법칙, 그리고 그 법칙이 가장 강렬하게 통용되는 곳이 이곳이기도 했다.

약한 자는 강한 자에게 굴복하거나 죽었고, 또 그 강한 자는 그런 그보다 더욱 강한 자에게 죽는다.

천림 지역은 많은 숲과, 돌산으로 이루어져 있는데 그 모든 것들은 피칠을 한 것처럼 붉은빛을 머금고 있었다.

너무도 많은 이들의 피로 인해 색이 변해 버렸다는 말이 있을 정도로 이곳 천림은 죽음과 무척이나 가까운 곳이었다.

그런 천림의 가장 깊숙한 곳에 위치한 게 바로 천마의 무덤이다.

그의 무덤을 향해 나아가는 혁련휘 일행은 몇 차례고 귀찮은 일에 휘말려야 했다.

타앗!

날아드는 하나의 신형이 가장 만만해 보이는 비설의 머리 위로 떨어져 내리고 있었다.

그리고 그런 은밀한 움직임에 당사자인 비설이 짧게 한숨을 내쉬었다.

"어휴."

한숨과 함께 비설의 발이 하늘을 향해 휙 치솟았다. 동시에 위쪽에서 날카로운 검으로 찌르고 들어오던 상대는 그대로 안면에 일격을 허용하고 바닥으로 나뒹굴어야만 했다.

이가 부러진 상대가 검으로 몸을 지탱한 채로 벌떡 일어섰지만, 그는 곧바로 뒤편으로 도망쳤다.

사라진 괴한을 보며 비설은 고개를 저으며 중얼거렸다.

"왜 저만 공격할까요?"

천림에 들어선 지 삼 일가량의 시간이 지났다.

천마의 무덤으로 향하는 내내 십여 번이 넘는 기습을 당했다. 한두 명 정도의 소수의 적들이 나타났을 때도 있고 십여 명이 넘는 괴한들이 공격해 들어오기도 했다.

밤에 쉬려고 할 때나, 대낮에도 어김없이 찾아드는 그들은 시간과 장소를 가리지 않고 모습을 드러냈다.

모두가 제각각이었던 상황, 그렇지만 그들이 지닌 하나의 공통점은 다름 아닌 그들의 첫 목표가 비설이라는 것이었다.

억울하다는 표정을 짓고 있는 비설을 향해 환야가 말했다.

"제일 약한 놈부터 죽여서 머리 숫자를 줄이려는 거지 뭐."

"그게 저예요?"

"어쩔 수 없지. 겉보기엔 네가 제일 약해 보이니까."

말을 하며 환야는 방금 전 기습을 해 왔던 놈이 사라진 쪽을 바라봤다.

그자는 그리 멀지 않은 곳에서 자신들을 노려보고 있었다.

굳이 마무리 지어야 할 이유가 없었기에 도망간 자들은 쫓지 않으며 목적지로 향해 나아가던 상황.

'쯧쯧, 상대를 잘못 골라서는.'

비설에게 살기 어린 시선을 보내는 놈을 보며 환야는 오히려 안쓰러운 마음이 들었다. 겉보기엔 저토록 호리호리한 비설이 얼마나 괴물 같은지 잘 알고 있기 때문이다.

비설이 불만스러운 표정으로 걸음을 옮기다 이내 앞장서서 걷는 혁련휘를 향해 빠르게 다가갔다.

"형님."

"왜?"

"아직도 많이 남았어요?"

"오늘 중으론 도착할 거야."

"어휴, 그나마 다행이네요. 그런데요, 형님. 제가 그렇게 약해 보여요?"

비설의 물음에 혁련휘가 힐끔 그녀를 바라봤다.

여자치고는 큰 키이긴 하지만, 갸름하고 하얀 얼굴에 착해 보이는 외모까지.

누가 이 여인을 보며 그 정도로 말도 안 되는 실력을 지녔다고 생각하겠는가.

혁련휘는 대답 대신 그저 손으로 그녀의 머리를 가볍게 쓰다듬었다. 그러고는 다시금 묵묵히 앞으로 걸음을 옮겼다.

그런 행동에 잠시 멈칫한 채로 서 있던 그녀는 혁련휘의 등을 바라보며 픽 웃음을 흘렸다.

한참을 숲으로 된 길을 걷던 일행들이 마침내 그 긴 길에서 나왔을 때였다. 혁련휘가 속력을 올리며 말했다.

"거의 다 도착했어. 서두르지."

"네, 대장."

환야가 빠르게 대답했다.

그리고 이내 혁련휘의 말대로 속도를 올린 그들은 천림에 자리하고 있는 천마의 무덤을 향해 빠르게 달려 나갔다.

슈슈슉.

더는 귀찮은 방해는 원하지 않는다는 듯이 빠르게 움직이던 혁련휘의 시선에 점점 낯익은 광경들이 들어오기 시작했다.

커다란 돌산, 그리고 그 돌산 주변을 감싸듯 서 있는 수십 개의 돌상들이 보인다.

꽤나 정교하게 만들어진 돌상들은 사람 정도 되는 크기였다.

마치 이곳을 지키는 호위병들과도 같은 모습.

그리고 그 돌산의 아랫부분에 깊은 어둠을 집어삼킨 입구가 모습을 드러냈다.

그곳에 이른 혁련휘가 걸음을 멈췄다.

비설은 놀란 얼굴로 주변을 두리번거렸다.

그저 돌상만이 지키고 서 있을 뿐이거늘 왠지 모를 웅장함과 위압감이 뿜어져 나왔다.

더군다나 눈앞에 있는 커다란 구멍은 쉽사리 안을 확인할 수도 없을 정도로 짙은 어둠을 토해 내고 있었다.

그리고 그런 어두운 입구 위쪽 돌산의 중턱에는 커다란 글자가 새겨져 있었다.

천마지지(天魔之地).

천마의 땅이라는 뜻이 담긴 글자가 돌산의 중앙 부분에 누가 봐도 알아차릴 수 있을 정도로 깊게 파여 있었다.

그 글자를 물끄러미 올려다보던 비설이 중얼거렸다.

"저 글자에서 이상하게 힘이 느껴져요."

그저 돌산에 새겨져 있는 사람 크기만 한 글자일 뿐이거늘 이상할 정도로 힘이 느껴진다.

그런 그녀의 말에 듣고 있던 혁련휘가 짧게 대답했다.

"천마가 직접 새긴 거라고 하더군."

"……대단한 무인이었네요."

글자에서조차 느껴지는 이 강렬한 힘.

천마가 죽은 것이 수백 년도 더 됐고, 그 긴 시간 동안 비바람과 싸웠음에도 불구하고 아직까지도 바위에 새겨진 필체에 남아 있는 강렬함은 천마라는 인물이 얼마나 대단한 자였는지를 말해 주는 듯싶었다.

이곳에서 혁련휘는 많은 것을 얻었다. 지금의 무공인 아수라와 천마의 무기인 파멸혼까지.

그리고 이제 혁련휘는 다시 이곳으로 돌아와 그때는 들어서지 못했던 마지막 길에 들어서려 하는 것이다.

입구에 서서 그곳을 바라보던 혁련휘 일행은 인근에서 자신들을 몰래 지켜보는 자들의 기척을 느낄 수 있었다.

하지만 그런 주변의 시선에는 아랑곳하지 않고 혁련휘가 그 새카만 어둠을 바라보다 말했다.

"들어가지."

말을 마친 혁련휘가 그 어둠 속으로 들어섰고, 이내 그런 그의 뒤편으로 나머지 세 사람이 따라붙었다.

짙은 어둠이 가득한 공간.

그렇지만 돌산을 가로지르는 그 어두운 통로는 꽤나 넓었다.

네 사람이 나란히 서서 걸어도 될 정도였고, 높이 또한 그리 낮지 않아서 거동하는 데 조금의 불편함도 느껴지지 않았다.

더군다나 아무리 짙은 어둠이 감싸고 있다고 한들 네 명의 내공 정도면 내부를 확인하는 건 그리 어렵지 않았다.

네 사람은 눈에 내력을 모은 채로 어두운 길을 거침없이 나아갔다.

그렇게 한참을 걷던 도중 동굴 내부가 점점 더 넓어지기 시작했다. 그리고 이내 어두웠던 공간 너머에서 빛줄기가 들어왔다.

미약한 빛, 그렇지만 어둠 속에서인지 그 불빛은 확실하게 들어왔다.

혁련휘는 그 불빛이 빛나고 있는 쪽으로 말없이 계속해서 걸었다.

그리고 마침내 그 불빛이 감싸고 있는 공간이 나타나는 순간, 동굴은 확 하고 넓어졌다.

커다란 연무장 십여 개 이상을 붙여 놓은 듯한 넓이에 높이 또한 엄청났다. 그리고 그 천장에는 빛을 쏟아 내는 커다란 돌들이 수도 없이 주렁주렁 매달려 있었다.

야명주, 중원에서 그 값어치가 이루 말로 형용할 수 없는 그런 귀한 물건들이 이곳에서는 아무렇지 않게 자리하고 있었던 것이다.

일전에 혁련휘가 비파월과의 첫 만남에서 내밀었던 그 야명주 또한 이곳에서 구한 물건이었다.

그렇지만 일행들의 눈을 끈 것은 넓은 공간도, 매달려 있는 빛나는 야명주도 아니었다.

멀리 구석에 놓여 있는 의자, 그리고 그 의자 위에는 늙은 사내가 자리하고 있었다.

그 노인의 행색은 무척이나 초라했다.

해지고 여기저기가 뜯겨진 옷을 입은 노인은 눈도 뜨지 못했고, 의자 손잡이 부분에는 상태가 좋지 않아 보이는 지팡이마저 자리하고 있었다.

이마를 비롯한 얼굴 곳곳에 잡혀 있는 자글자글한 주름이 그의 나이가 꽤나 많다는 걸 말해 줬다.

노인을 발견한 다른 이들이 어떻게 해야 할지 애매한 시선으로 혁련휘를 바라볼 때였다.

혁련휘가 성큼 그쪽으로 걸음을 옮겼다.

기척을 감추지 않고 다가가는 혁련휘의 발걸음에 마치 자는 듯이 기대어 앉아 있던 노인이 움찔했다. 그러고는 손잡이 부분에 놓아두었던 지팡이를 황급히 잡으며 입을 열었다.

"누군가."

갈라진 목소리에는 힘이 느껴지지 않는다.

그리고 엉거주춤 일어서는 자세를 본 이들은 직감적으로 알 수 있었다.

노인은 눈을 뜨지 못했고, 소리에 모든 감각을 기울이는 듯해 보였다.

환야의 미간이 꿈틀했다.

'장님?'

바로 그때 그쪽으로 몇 걸음 다가갔던 혁련휘가 입을 열었다.

"영감, 살아 있었군."

"……!"

혁련휘의 목소리가 들려오는 그 순간 노인의 몸이 움찔했다.

그러고는 믿기지 않는다는 듯이 몸을 돌려 혁련휘가 자리한 쪽을 바라봤다.

눈은 보이지 않았지만 소리로 완벽하게 위치를 찾아낸 것이다.

노인이 떨리는 목소리로 입을 열었다.

"이 목소리 낯이 익군그래. 혁련휘냐?"

"오랜만이야."

혁련휘는 이 노인을 아는 듯했고, 그런 둘의 대화를 나머지 일행들은 말없이 듣고만 있었다.

다시금 들려온 혁련휘의 목소리에 노인은 상대가 누구인지 확신한 듯했다.

초라해 보이는 행색을 한 그가 입가를 비틀며 슬쩍 웃음을 흘렸다.

"맞군. 이 말투를 보아하니 혁련휘 그놈이 분명해."

"설마 아직도 이 자리를 영감이 지키고 있을 줄은 몰랐어."

"마땅한 후계자가 없어서 말이야."

"그래도 슬슬 은퇴할 때가 되지 않았나?"

"큭큭, 그리 걱정된다면 네가 대신해 주면 되지 않겠더냐. 너라면 내 이 자리를 양보하지."

"그건 사양이야."

노인의 이름은 금명(琴鳴).

그의 정체는 천마의 시신이 자리한 이곳을 지키는 묘지기였다.

대대로 한 명씩 선출된 그들은 평생 이곳을 지키며 살아간다. 그리고 이 금명이라는 이름의 노인 또한 그러한 묘지기의 삶을 살아온 자였다.

오래전 이곳에 들어갈 때도 혁련휘는 금명과 만난 적이 있었고, 또 이토록 긴 시간이 흘러 다시금 재회한 것이다.

"그나저나 다시 만나게 될 줄은 몰랐는데 말이야."

금명이 나지막이 중얼거렸다.

혁련휘는 이곳에 있는 천마의 무덤으로 들어서고도 죽지

않은 역사상 몇 안 되는 인물이었다.

그가 살아 있는 건 천운이라 생각했다.

그리고 이곳에서 얻을 걸 얻었으니 다시는 만날 일은 없을 거라 여겼다.

그런데 혁련휘가 돌아왔다.

의아했고, 궁금할 수밖에 없었다.

금명이 천천히 입을 열었다.

"왜…… 돌아왔느냐."

"더 강해지기 위해서."

그런 그의 대답에 금명의 표정이 일그러졌다.

더 강해지겠다는 게 무슨 의미였는지 알 수 있었기에.

금명이 떨떠름한 표정으로 말했다.

"설마 네놈……."

불편한 표정으로 말을 이어 가는 그를 향해 혁련휘가 고개를 끄덕였다.

"맞아. 그때 통과하지 못했던 마지막 삼관문(三關門), 넘어서려고."

*   *   *

그리고 그 비슷한 시각.

천마의 무덤에서 대략 반 시진 정도 떨어진 곳에 위치한 공터에서 혁련휘 일행의 움직임을 예의 주시하고 있는 하나의 패거리가 자리하고 있었다.

"뭐? 천마의 무덤으로 누군가가 들어갔다고?"

"예, 제 두 눈으로 똑똑히 확인했습니다."

"대체 누가?"

물어 오는 질문에 사내는 머뭇거렸다.

천림에서 평생을 살아온 그였지만 오늘 들어서는 이들은 분명 생면부지의 인물들이었다. 선뜻 대답하지 못하는 수하와 마주하고 있는 인물은 제법 나이가 있어 보이는 자였다.

나이는 얼추 육십 중반 정도.

사나운 인상에, 키는 제법 컸다.

그렇지만 무엇보다 눈을 끄는 것은 비어 있는 그의 왼손이었다.

불어오는 바람에 의해 그의 빈 옷자락이 가볍게 흔들리고 있었다.

외팔 노인의 질문에 머뭇거리던 사내가 결국 입을 열었다.

"누군지 파악이 안 됐습니다."

"대체 어떤 미친놈이 천마의 무덤에 들어간단 말이냐."

이해가 안 간다는 듯 노인이 중얼거렸다.

천마의 무공이 존재하는 탓에 많은 무인들이 욕심을 버리지 못하고 갔다가 죽음을 맞이한 곳이 바로 그곳이 아니던가.

아주 오래전에야 많은 이들이 줄지어 죽었지만, 이제는 거의 아무도 찾지 않게 된 금역.

노인은 불편한 표정을 지어 보였다.

'거사가 그리 남지 않은 지금 갑작스러운 방문자라니……'

노인이 물었다.

"감시자는?"

"입구를 계속 주시하라고 명령 내려 두고 왔습니다. 그런데 크게 염려하지 않으셔도 될 것 같습니다. 천마의 무덤에 들어가고 살아 나온 자는 없지 않습니까."

담담하게 말하는 수하를 바라보던 노인의 입꼬리가 실룩였다.

그러고는 천천히 입을 열었다.

"아니, 있다. 내가 아는 놈 중에 단 한 놈 살아서 돌아온 자가 있었지."

"예? 저곳에 들어갔다가 살아 나온 자가 있다는 겁니까? 대체 누가……."

생각지도 못한 노인의 대답에 사내가 놀란 듯 눈을 치켜 뜨며 되물었다.

그런 수하의 질문에 자연스레 노인의 시선이 비어 있는 자신의 왼쪽 옷소매로 향했다.

그러고는 이내 흉흉한 눈빛을 한 채로 나지막이 중얼거렸다.

"내 왼쪽 팔을 가져간 그놈."

5장. 관문
— 환영한다

혁련휘의 말에 금명이 힘겹게 입을 열었다.

"미친 게냐?"

"그럴 리가."

"그렇지 않고서야 갑자기 나타나서 삼관문에 들어서겠다니? 거기가 어떤 곳인지는 너도 잘 알지 않더냐. 그리고 그곳이 들어가고 싶다고 그냥 갈 수 있는 곳인 줄 아느냐? 거기 들어가려면 네 개의 열쇠를 모아 와야 하는데……."

말을 하는 금명을 향해 혁련휘는 대답 대신 품 안에 챙겨 두었던 전낭을 들고 흔들었다. 그러자 전낭 안에 있는 열쇠들이 서로 마찰을 일으키며 쇳소리를 일으켰다.

짤그랑.

말을 이어 가던 금명은 그 소리를 듣더니 갑자기 입을 닫았다.

장님이긴 했지만 그만큼 소리만으로 많은 것을 파악해 내는 그다.

그랬기에 금명은 알 수 있었다.

"……가지고 왔구나."

"맞아, 영감."

혁련휘는 무덤덤하게 말했지만 그걸 듣고 있는 금명으로서는 기가 막힐 수밖에 없었다.

열쇠 네 개를 가지고 왔다는 건 각 지역의 수장들에게서 저것을 어떻게든 받아 왔다는 말이었으니까.

'괴물 같은 놈.'

허나 생각해 보면 비단 지금뿐만이 아니라 오래전부터 그리 느꼈었다. 천마의 무덤 안으로 들어가고 살아 나온 것만으로도 이미 혁련휘는 충분히 괴물이라 불려도 됐다.

아무리 강한 무인이라 해도 버텨 내지 못했던 그곳에 소년의 몸으로 혁련휘는 도전했다. 그리고 그 대가로 혁련휘는 천마의 무공인 아수라와, 그의 무기인 파멸혼을 얻었다.

그리고 그걸로 모자랐는지 혁련휘는 마지막 단계라 일컬어지는 삼관문에 들어서겠다고 나타난 것이다.

그렇게 혁련휘가 금명과 대화를 주고받는 사이 멀리에서 둘의 대화를 듣고만 있던 나머지 일행들이 천천히 다가왔다.

기척을 감추지 않았기에 이미 금명 또한 이곳에 다른 이들이 있다는 사실을 알고 있었다.

금명은 다가오는 그들 방향을 향해 고갯짓을 하며 물었다.

"너와 같이 온 이들인 게냐?"

"내 동료들."

"……동료?"

혁련휘의 입에서 나온 동료라는 말에 금명은 자신도 모르게 되물었다.

자신이 알던 혁련휘는 지독히도 외로운 사내였다.

눈이 보이지 않았기에 금명은 오히려 많은 걸 볼 수 있었다.

그랬기에 혁련휘의 마음 깊숙한 곳에 감춰져 있는 끝 모를 외로움 또한 알고 있었다.

그에게서 풍겨져 나오던 음울한 분위기는 혁련휘의 삶을 말해 주곤 했다.

그런 그의 입에서 동료라는 말이 나올 날이 올 거라고는 생각조차 하지 못했다.

잠시 놀랐던 금명이었지만 이내 그는 고개를 끄덕일 수밖에 없었다.

마지막으로 본 지 꽤나 오랜 시간이 흘렀다.

그리고 그 시간은 한 사람의 인생이 바뀌기에 충분한 기간이었던 모양이다.

가장 먼저 다가온 비설이 인사를 건넸다.

"안녕하세요, 할아버지."

그녀의 따뜻한 목소리에 금명은 다시금 당황했다. 자하도 중에서도 가장 위험한 지역인 천림에서 살아온 그는 단 한 번도 이토록 다정한 어투의 말을 들어 본 적이 없었다.

금명이 자신도 모르게 헛웃음을 흘렸다.

"허, 허허. 할아버지라……."

처음 들어 보는 할아버지라는 말에 금명은 기분이 썩 나쁘지는 않았다.

그리고 비설의 인사에 뒤이어 다가와 짧게 인사를 건네는 환야와 달치의 목소리까지 들려왔고, 이내 그들은 혁련휘에게 다가가 걱정스레 말했다.

"대장, 저분이 저리 말리시는 걸 보니까 생각보다 더욱 위험한 곳 같은데요."

"달치도 주인 따라간다. 달치가 주인 지킨다."

걱정스러워 보이는 이들의 말투를 장님인 금명은 그저 묵묵히 듣고만 있었다.

혁련휘가 동료라는 말을 내뱉었을 때부터 생각하긴 했지

만, 진심으로 걱정 가득한 목소리를 들어 보건대 결코 이득을 위해 뭉친 이들이 아니다.

이건 마음 깊숙한 곳에서 나오는 목소리였으니까.

'이제…… 혼자가 아니로구나.'

혁련휘와 엄청난 인연이 있는 건 아니다.

그저 천마의 무덤에 들어갈 때 그를 알게 됐고, 그로부터 한동안 같은 공간에 있으면서 몇 마디 정도 나눈 것이 전부였다.

혁련휘나 금명 두 사람 모두 그리 말수가 많은 편이 아니었으니 필요한 것을 제외하곤 딱히 별다른 대화를 나눈 적이 없었다.

하지만 우습게도 금명의 인생에서 가장 많은 대화를 나눈 게 누구냐고 묻는다면 전임 묘지기를 제외한다면 혁련휘뿐이었다.

혼자서 이 무덤을 지켜 온 삶, 고독하기만 했던 그의 인생에 몇 안 되게 기억되는 이름이 바로 혁련휘였다.

그리고 마침 자신을 따라오겠다며 눈을 빛내는 달치를 향해 혁련휘가 말했다.

"마음은 알지만 여기서부터는 나 혼자 가야 해."

"왜요, 형님?"

그 순간 침묵하고 있던 금명이 대신하여 말을 이어 나갔다.

"이곳 천마의 무덤은 강하다고 해서 통과할 수 있는 곳이 아니기 때문이지. 그리고 옆에 누군가가 있다고 해서 도움이 되는 곳도 아니야. 오히려 짐이 되면 몰라도."

금명의 말에 혁련휘가 동조한다는 듯 고개를 끄덕였다.

이들의 무공 실력이 뛰어남은 누구보다 잘 알지만 여기서부터는 혼자 가야 한다.

천마의 무공이 없이는 지나쳐 갈 수 없는 장소들이 존재했고, 그랬기에 그곳은 혁련휘만이 지나갈 수 있었다.

혁련휘가 금명에게 물었다.

"삼관문에 대해 주의해야 할 게 있나?"

"모르지. 사실 이관문을 통과한 것도 네놈이 처음이 아니더냐. 다만 선대의 묘지기들로부터 내려온 이야기를 통해 알게 된 게 있다면…… 열흘을 넘겨서는 안 된다는 것이야. 그리고 한번 들어간 이상 끝을 보지 않는 이상 스스로 돌아올 수 없다는 것 정도다."

"열흘이라……."

시간적 제한이 있고, 들어간 이상 중간에 돌아올 수 없다는 말에 혁련휘가 잠시 생각에 잠겼다. 하지만 이내 그는 상관없다는 듯 말을 이었다.

"잘됐군. 마침 나도 시간이 없었거든."

"미친놈."

혁련휘의 말에 금명이 기가 차다는 듯 욕설을 내뱉었다.

그런 금명의 반응을 뒤로한 채로 혁련휘는 자신의 짐을 빠르게 정리했다.

오랫동안 보관하기 좋은 간단한 음식들로 짐을 챙긴 혁련휘는 그것만을 달랑 든 채로 모든 채비를 마쳤다.

재빠르게 짐을 챙기는 사이 그의 옆에 자리하고 있던 비설은 걱정스러운 표정을 짓고 있었다.

그리고 그런 그녀의 얼굴을 본 혁련휘가 천천히 입을 열었다.

"표정이 왜 그래?"

"걱정돼서요."

"왜? 내가 못 할 것 같아?"

"아뇨, 그건 아니지만…… 다치시지는 않을지 걱정돼요."

혁련휘를 믿는다.

이 삼관문이라는 곳이 얼마나 대단한 곳인지는 들어가 본 적 없는 비설로서도 장담할 순 없었지만 그래도 자신이 아는 혁련휘라는 사내에 대한 믿음은 너무나 견고했다.

이 사내가 할 수 없다면 천하의 그 누구도 하지 못할 거라는 생각.

하지만 믿는다고 해서 걱정까지 사라지는 건 아니다. 이 안에서 혁련휘 홀로 겪어야 할 일들이 얼마나 고통스러울지 알 수 없기에 오히려 더 많은 걱정이 밀려온다.

그리고 그런 그녀의 마음을 혁련휘는 잘 알고 있었다.

혁련휘가 그녀에게 한 걸음 다가와 말없이 양팔을 벌렸다.

꽈악.

별다른 말없이 비설을 꽉 껴안은 혁련휘가 그녀의 어깨에 고개를 파묻은 채로 작게 속삭였다.

"다치지 않고 돌아오지."

"……약속하신 겁니다."

"그럼."

혁련휘는 비설을 안은 채로 고개를 끄덕였다.

그런 둘의 모습을 바라보며 환야는 괜스레 콧등을 문질렀다.

둘 사이에 끼어들기 뭐해서 가만히 있을 뿐이지 환야 또한 비설과 마찬가지였다.

'저도 대장을 믿습니다.'

그가 기한 안에 반드시 성공시키고 돌아올 거라 환야도 믿고 있었다.

비설을 안고 있던 혁련휘가 슬그머니 팔을 풀며 떨어지기 무섭게 환야의 이름을 불렀다.

"환야."

"네, 대장. 말씀하시죠."

"내가 안에 들어가 있는 사이에 흑풍이 돌아올 수도 있어. 자하도를 나가는 길목에서 대기하라고 했으니 하루에 한 번 정도씩 확인 좀 부탁하지. 흑풍도 부탁하고."

북해빙궁으로 간 부의민의 연락을 기다리는 혁련휘였기에 흑풍을 자하도 바깥으로 보낸 상황이었다.

부의민이 돌아온다면 흑풍을 통해 서찰을 날릴 테니, 그 연락과 함께 자하도에 들어온 흑풍 또한 챙기라는 것이었다.

혁련휘의 말을 전해 들은 환야가 고개를 끄덕였다.

"알겠습니다."

"좋아, 그럼."

말을 마친 혁련휘가 금명이 자리하고 있었던 의자가 있는 방향으로 걸음을 옮겼다.

그리고 그런 혁련휘의 움직임을 느낀 금명이 옆으로 한 걸음 비켜섰다.

금명이 물었다.

"다시 한 번 묻지. 정말로 들어갈 생각이냐? 들어갔다가는 생사를 장담하기가……."

"알잖아. 한번 정하면 안 바꾸는 거. 그러니 그런 이야기 말고 문이나 열어 줘."

"……그러지."

어차피 금명에게는 거부를 할 권한이 없었다.

천마의 무덤을 지키는 묘지기로서 이곳을 찾는 도전자들을 맞는 것 또한 그의 일이었기 때문이다.

말을 끝낸 금명은 지팡이를 들어 벽의 한 부분을 툭 하고 쳤다.

그러자 놀라운 일이 벌어졌다.

크크크쿵!

돌로 된 벽의 일부가 사정없이 일그러지는 듯싶더니, 이내 그곳에서 타오르는 불꽃이 넘실거리며 쏟아져 나왔다.

지옥으로 향하는 입구를 연상케 하는 공간이 모습을 드러낸 것이다.

혁련휘는 익숙하다는 듯 그곳의 앞에 가서 섰다.

그러곤 뒤편에 있는 다른 이들을 향해 고개를 돌렸다.

비설이 혁련휘를 향해 걱정 말라는 듯 말했다.

"형님, 혹시라도 잘 안 되더라도 다치지만 말고 기다리세요. 열흘이 되는 날까지 기다렸는데도 형님이 안 나오시면 제가 때려 부수는 한이 있더라도 안쪽으로 구하러 들어갈 테니까요."

힘주어 말하는 비설의 모습을 보며 환야가 어처구니없다는 듯 피식 웃음을 흘렸다.

그러고는 이내 환야가 말했다.

"대장, 걱정 마시죠. 제가 이 녀석 날뛰지 못하게 잘 감시하고 있을 테니까요."

"형님이 안 나오면 발 동동 구르시면서 앞장서서 부수지나 마시죠."

비설의 말에 환야도 딱히 틀리진 않다고 생각했는지 못들은 척 딴청을 피울 뿐이었다.

그리고 그 입구에 선 혁련휘를 향해 달치가 울상이 된 얼굴로 입을 열었다.

"달치 주인하고 헤어지기 싫다."

"인마, 금방 다시 만날 건데 표정 좀 풀어."

환야가 괜스레 달치에게 장난을 걸면서 말했다.

그런 세 사람을 물끄러미 바라보던 혁련휘가 이내 고개를 돌려 정면을 바라봤다.

자신이 들어가야 할 입구, 그 안에서 느껴지는 뜨거운 열기를 느끼고 있자니 불현듯 과거의 기억들이 떠올랐다.

여태까지는 옆에 있는 이들의 도움을 받으며 이곳까지 올 수 있었다.

허나 이젠 아니다.

이곳부터는 그 누구의 도움도 없이 혁련휘 혼자서 모든 걸 해야만 한다.

그렇지만 걱정은 하지 않는다.

들어가는 건 혼자라 해도, 처음 이곳에 발을 디뎠던 때와 지금은 달랐으니까.

뒤쪽에서 자신을 걱정스럽게 바라보는 눈빛을 느끼며 혁련휘가 짧게 말했다.

"며칠 후에 보지."

그 말과 함께 혁련휘가 열린 입구의 안으로 자신의 발을 들이밀었다.

스윽.

그리고 이어 뒤쪽 발마저 입구 안쪽으로 들어서는 그 순간.

파악!

뜨거웠던 불꽃이 사라짐과 동시에 세상의 모든 건 어둠에 감싸였다.

그렇게 몇 바퀴나 빙글빙글 도는 듯이 하늘과 땅이 요동을 치고 있는 그곳에서 혁련휘는 팔짱을 낀 채로 균형을 유지하고 있었다.

그리고 이어 그 어둠이 점점 사라지기 시작하면서 익숙한 공간이 눈에 들어왔다.

수도 없이 많은 함정들이 자리한 곳.

일관문(一關門).

벽에 빼곡하게 새겨져 있는 수많은 글자들과 그림들은 다름 아닌 혁련휘의 무공인 아수라를 말해 주고 있었다.

그렇지만 그 아수라를 확인하기 위해 걸음을 내딛는 순간 주변에서 불꽃이 혁련휘를 집어삼켰다.

화르르륵!

불꽃이 주변의 모든 것들을 태우고 있을 때, 그 속에서 혁련휘가 천천히 걸어 나왔다.

몸 주변에 돌고 있는 풍신의 힘이 불꽃을 막아 낸 것이다.

아수라를 완벽히 익힌 혁련휘에게 일관문은 별다른 문제가 되지 않았다.

혁련휘가 천천히 걸음을 옮기기 시작했다.

주변을 집어삼켰던 불꽃이 어느 순간 거짓말처럼 사라지며 이내 벼락이 사방에서 떨어져 내린다.

파츠츠츠!

걸음걸음마다 수시로 바뀌며 쏟아져 나오는 강렬한 기운들. 그렇지만 혁련휘는 풍신갑을 펼치거나 마찬가지의 힘을 쏟아 내며 그곳들을 지나쳐 갔다.

주어진 시간은 열흘.

그리고 그 안에 삼관문에 자리하고 있는 천마의 마지막 무공 진아수라를 얻지 못한다면……

'……살아서 돌아오지 못한다.'

그러한 사실을 너무도 잘 아는 혁련휘였기에 그는 시간을 끌지 않고 곧바로 일관문과, 이관문을 돌파해 나갔다.

이미 몇 번이고 지나왔던 길이었기에 혁련휘는 별다른 어려움 없이 두 개의 관문을 지나쳐 갔다. 아수라가 있던 일관문에 이어, 파멸혼이 잠들어 있던 이관문까지.

그리고 곧이어 그 이관문의 끝자락에 이르렀을 때 혁련휘는 커다란 문과 마주해야만 했다.

높디높은 문은 그 어떠한 충격에도 흔들리지 않을 것처럼 견고해 보였다.

처음 이관문을 돌파한 직후 혁련휘는 이곳까지 온 적이 있었다.

다만 이 문 너머의 세상을 당시엔 볼 수가 없었다. 굳이 네 개의 열쇠를 얻어 삼관문까지 들어가야 할 이유를 찾지 못했기 때문이다.

이미 아수라와 파멸혼을 얻은 것만으로도 혁련휘는 적수를 찾기 어려울 정도로 강해져 있었다.

그렇지만 사정은 변했다.

혁련휘가 품 안에 지니고 있던 전낭을 열어 안에 있던 네 개의 열쇠를 꺼내어 들었다.

툭.

전낭이 바닥으로 떨어졌고, 혁련휘는 벽에 위치하고 있는 구멍으로 정확하게 열쇠를 하나씩 꽂아 넣기 시작했다.

동서남북을 상징하는 네 개의 열쇠.

그리고 그 네 개의 열쇠가 본연의 자리로 찾아가는 순간 그토록 커다란 문에서 낮은 울음소리가 터져 나왔다.

그르르르르.

소리와 함께 커다란 문틈이 슬쩍 벌어졌다.

그걸 확인한 혁련휘는 길게 숨을 내쉬고는 망설임 없이 문을 확 열어젖히며 안으로 들어섰다.

그러자…….

우르르릉!

세상이 다시금 변했다.

그리고 모든 것들이 진법에 감싸이듯 휘몰아치며 내부의 공간은 끝도 없이 넓어졌다.

짙은 어둠, 그리고 그 어둠 속에서 주변을 둘러보는 혁련휘의 뒤편에서 누군가의 목소리가 들려왔다.

"……여, 이게 얼마 만에 보는 사람이지?"

기척도 느끼지 못하던 찰나에 들려온 목소리에 혁련휘가 황급히 고개를 돌렸을 때였다.

그의 뒤편, 그리 멀리 떨어지지 않은 곳에 한 명의 사내가 자리하고 있었다. 나이는 사십 대 중반 정도로 되어 보였고, 머리카락은 풀어헤치고 있었지만 깔끔하게 정돈된 느낌이었다.

큰 키를 비롯해 꽤나 준수한 얼굴의 사내였다.

정체불명의 사내를 마주하는 그 순간 혁련휘의 감각이 꿈틀거렸다.

살기를 뿜어내는 것도 아니다.

뭔가 이상한 행동을 하는 것도 분명 아닌데…… 왠지 모를 위압감이 풍겨져 나왔다.

절대자만이 지닐 수 있는, 말로 표현할 수 없는 그런 위압감이.

사내가 입을 열어 혁련휘에게 말했다.

"여기까지 온 놈은 네가 처음이다. 환영하지 젊은 친구."

좋다는 듯 말하는 그를 바라보던 혁련휘가 긴장한 목소리로 물었다.

"……당신은 누구지?"

"내가 누구냐고?"

픽 웃은 그의 몸이 순식간에 혁련휘의 코앞까지 다가왔다. 그러고는 놀란 듯 눈을 치켜뜨는 혁련휘를 향해 나지막이 입을 열었다.

"천마(天魔)다."

＊　　　＊　　　＊

무명은 마교의 밤거리를 걷고 있었다.

늦은 시간이긴 했지만 많은 이들이 있는 마교치고는 인적을 찾기가 무척이나 힘들었다.

그 이유는 다름 아닌 최근에 내려진 통금령 때문이다.

현재 마교는 여러 가지 사건들로 인해 상부의 특별한 허가서 없이는 자정을 넘은 이후에는 외출을 금지하고 있었다.

통금령을 어겼다가 엄청난 화를 당한 이들이 적지 않았기에 최근 마교의 밤거리는 한산하기 그지없었다.

허가를 받고 임무를 위해 움직이는 극소수의 인물들과, 내성과 외성을 돌며 경계를 서는 무인들만이 마교의 밤거리를 채우고 있었다.

그런 그들 사이로 비밀리에 움직이고 있는 무명의 움직임은 민첩했다.

외성에서부터 움직인 무명은 골목길 곳곳에 벽보를 붙이고 있었다.

벽보의 내용은 지금의 신도율의 행동을 비판하고, 곧 혁련휘가 마교를 되찾을 거라는 내용이 담긴 것이었다.

은밀히 움직이며 수백 장이 넘는 벽보를 붙이기 시작한

작업이 내성 몇 군데를 마지막으로 모두 끝나고 있었다.

모든 일을 끝낸 무명은 슬쩍 하늘을 올려다봤다.

아직도 해가 뜨려면 한참은 남은 무척이나 어두운 시각.

이곳 마교로 잠입한 이후 무명은 하루도 쉴 틈 없이 움직였다.

교주 혁무조 행세를 하며 곳곳을 뒤집어 놓았고, 지금처럼 시시때때로 벽보를 붙이기도 했다.

신도율의 편에 선 이들을 암살하기도 했으며, 지금의 교주에게 자격이 없다는 하늘의 뜻을 보여 주기라도 하려는 듯 마교의 상징적인 장소들에 불을 지르거나, 입구에 피를 뿌리기도 하며 내부의 불안을 계속해서 키워 왔다.

안정되어 가던 신도율의 마교는 그 탓에 처음보다 더욱 혼란스럽고, 많은 반발이 생기기 시작했다.

그로 인해 신도율은 자신의 병력을 변방으로 움직이지 못하고 있었다.

물론 지금 무명이 벌이고 있는 이 모든 것들을 흑랑방의 방주인 장유희가 비밀리에 돕고 있었다.

하지만 이틀 전부터 무명은 장유희와 완벽하게 연을 끊고 홀로 움직였다.

그 이유는 간단했다.

뒤를 잡혔다는 사실을 알았으니까.

뒤를 잡았음에도 불구하고 그들은 무명의 앞에 모습을 드러내지 않았다.

그 이유가 무엇일지 무명은 알 수 있었다. 아마도 자신을 이용해 뒤에 있는 이들까지 모두 잡아들이려는 속셈일 것이다.

그걸 알기에 무명은 장유희와 연락을 끊고 독자적으로 활동했다.

걷고 있는 이 길의 끝에 위치하고 있는 상대를 본 순간 무명은 알 수 있었다.

자신의 행동에 마침내 그들 또한 인내심을 잃었다는 것을.

달빛이 비치고 있는 이 길에는 무명과, 한 사내가 마주하고 있었다.

그리고 그 사내는……

"이 밤에 어디를 그리 바쁘게 다니는가. 통금령을 듣지 못했는가 무명!"

목소리에 힘을 주어 소리를 내지르는 그는 바로 신도율이었다. 그리고 그런 신도율을 본 무명은 일말의 동요도 보이지 않았다.

뒤를 잡혔을 때부터 이미 이런 상황을 예상했었으니까.

오 장 정도의 거리를 둔 채로 멈춰 선 무명이 천천히 입을 열었다.

"난 교주의 명을 따르오. 그런 내가 당신 말을 들을 이유는 없지."

"날 보고도 전혀 동요하지 않는 걸 보아하니…… 내가 올 걸 알고 있었던 건가?"

"물론이오. 이미 내 뒤를 잡고 쫓는 걸 눈치챘었으니까."

무명은 무덤덤하니 대답했다.

그 사실을 알았지만 무명은 도망치지 않았다. 다른 자도 아닌 신도율이 따라붙었다. 도망치려고 한다 해서 그럴 수 있는 상대가 아닌 것이다.

그걸 알기에 오히려 무명은 태연히 자신이 해야 할 일을 했다.

하나라도 더 혁련휘에게 도움이 되기 위해서.

뒤를 캐기 위해 당장에 손을 쓰지 않는 그들을 역이용해서 자신 또한 모르는 척하며 하나라도 더 일을 벌인 것이다.

이미 눈치챘었다는 사실에 신도율은 눈을 치켜떴다. 전혀 그런 기색을 보이지 않았기에 완벽하게 속였다 생각했던 것이다.

'내가 생각보다 놈을 얕봤군.'

고작 호위 무사 따위에게 자신의 기척이 파악당할 거라고는 예상하지 못했다.

그렇지만 일은 이미 벌어진 상황.

지금은 빠르게 수습하는 것만이 최선이었다.

신도율이 차가운 목소리로 말했다.

"쫓기고 있었다는 걸 알았다면 이것도 알았겠지? 오늘 네놈은 여기서 죽을 거라는 걸."

"……당신을 보는 순간 예상은 했소. 우리 사이에 긴말은 필요치 않을 테니 빨리 끝냅시다."

그나마 신도율과 비슷하다고 할 수 있는 건 경공 쪽의 무공들뿐이다.

교주의 최측근 호위 무사로 살아왔을 정도의 실력을 지닌 무명이지만 신도율의 앞에서는 별반 의미가 없었다.

압도적인 실력 차.

아마도 오십여 합 이내에 자신은 죽을 것이다.

그걸 알면서도 무명은 무표정하니 검을 끄집어냈다.

스르릉.

달빛을 머금은 검이 빛을 토해 낼 때였다.

반대편에 있는 신도율 또한 자신의 도를 꺼내 들었다.

뒤에 있는 다른 누군가를 발설한다면 살려 주겠다는 말 따위는 하지 않았다. 애초에 그런 말이 통할 상대가 아님을 알았으니까.

신도율의 도에서 뇌기가 휘몰아쳤다.

츠츠츠츠.

도를 집어삼킨 뇌기가 어두운 밤하늘을 밝혔다.

너무도 화려한 그의 무공과 반대로 무명은 그저 검을 수평으로 세운 채로 날카롭게 눈을 빛낼 뿐이었다.

호위 무사라는 특성상 화려하고 힘 있는 무공보다는 빠르고 실전에 특화된 검술을 펼치는 무명이다.

무명이 움직였다.

팟.

그의 빠른 발이 순식간에 거리를 좁혔다.

검이 신도율을 향해 찌르고 들어가면서 순식간에 십여 개의 환영을 만들어 냈다.

환영들은 팽이처럼 돌면서 신도율을 찢어 버릴 듯이 치고 들어갔다.

그런 공격을 신도율은 자신의 도를 폭풍처럼 휘몰아치며 막아 냈다.

파라라락!

환영들이 깨져 나감과 동시에 커다란 뇌기가 무명을 덮치고 들어갔다. 무명의 발이 빠르게 땅을 박차며 옆으로 비켜섰다.

그렇지만 이미 그곳으로 신도율이 달려들고 있었다.

쾅!

묵직한 타격음과 함께 무명이 허공으로 붕 떠올랐다가 바닥을 몇 바퀴나 돌다가 간신히 몸을 일으켜 세울 수 있었다.

하지만 쉴 틈은 없었다.

다시금 지척까지 다가온 신도율의 도가 빠르게 치고 내려오고 있었으니까.

번쩍!

"큭!"

급히 움직이긴 했지만 도가 허벅지를 스쳐 지나갔다. 피가 터져 오름과 동시에 신도율의 주먹이 가슴팍을 후려쳤다.

퍽!

그 일격에 무명의 몸이 다시금 허공으로 떠올랐다가 바닥을 데굴데굴 굴렀다.

십여 장 가까이나 굴러 나갔던 무명이 힘겹게 몸을 일으켜 세웠다.

"컥컥."

입에서 피가 연달아 터져 나왔지만 무명은 다시금 검을 꽉 쥐었다.

'하필이면 다쳐도 다리를……'

다리에 큰 부상을 입었으니 무명의 가장 큰 장점인 속도가 무뎌질 수밖에 없었다.

어쩌면 애초부터 그걸 노리고 다리 쪽으로 공격해 들어왔던 것일지도 모르겠다.

신도율의 몸이 순식간에 다가왔다.

파앙!

날아드는 도를 검으로 막아 내는 순간이었다. 신도율의 입가가 비틀리는 걸 보며 무명은 직감적으로 느꼈다. 뭔가 자신의 판단이 틀렸다는 것을.

그리고 그런 생각이 드는 것과 동시에 신도율의 도를 타고 불꽃이 무명을 집어삼켰다.

"크읏!"

뜨거운 불꽃으로 인해 뒤로 주춤거릴 때였다.

슬쩍 몸을 띄운 신도율이 뒷발로 정확하게 무명의 가슴을 후려쳤다. 그렇지만 무명 또한 그 와중에 날아드는 신도율의 발을 팔꿈치로 내려쳤다.

거의 동시에 상대를 가격했지만 충격은 다를 수밖에 없었다.

힘을 실었던 신도율의 일격과, 다급하게 한 방 휘두른 무명의 공격이 같을 수는 없는 노릇이다.

가슴에 다시금 일격을 허용한 무명은 바닥을 나뒹굴면서 재차 피를 토해 냈다.

반면에 팔꿈치에 발목을 적중당했던 신도율은 잠시 표정을 구긴 채로 절뚝거리기만 할 뿐, 별다른 문제는 없어 보였다.

바닥에 엎드린 채로 피를 토해 내는 무명은 점점 시야가 뿌옇게 변해 감을 느낄 수 있었다.

그는 자신이 토해 낸 피에 파묻혀 있는 얼굴을 힘겹게 들어 올렸다.

'……강하다.'

인정해야만 했다.

신도율이라는 저자, 자신이 생각했던 것 이상의 강함을 가지고 있었다.

오십여 합 정도는 겨룰 수 있지 않을까 생각했거늘 그건 착각이었다.

고작 십여 합 정도를 주고받았거늘 자신의 속이 뒤집혀 버렸다.

지금부터 십 합 정도를 더 겨룬다면 그때 자신은 이승의 사람이 아닐 것이다.

하지만…….

'그게 무슨 상관이란 말인가?'

무명은 자신의 몸을 일으켜 세웠다.

애초부터 이길 거라 생각하고 시작한 싸움이 아니지 않은가. 그럼에도 불구하고 이토록 계속해서 덤비는 이유는 하나였다.

'제대로 된 상처 하나 내지 못하고 죽어 버린다면 어찌

고개를 들고 그분을 뵐 수 있단 말인가.'

머릿속을 가득 채우는 한 사람.

신도율에게 죽음을 당한 혁무조였다.

평생을 지켜야 했지만 끝내 자신보다 먼저 죽게 만들고야 말았다.

호위 무사로서 지켜야 하는 당사자보다 늦게 죽는다는 건 그 무슨 말로도 표현할 수 없는 수치였다.

혁무조가 살아서 도우라는 명령만 내리지 않았다면 스스로 따라갔어도 이상할 것 없는 상황.

무명은 검을 쥔 채로 입가를 닦아 냈다.

갈비뼈가 부러진 탓인지 숨을 쉴 때마다 가슴 한편이 쿡쿡 쑤셔 온다.

그렇지만 그럼에도 무명은 여전히 투기 가득한 눈으로 신도율을 노려봤다.

그러고는 이내 무명은 신도율을 향해 마구잡이로 달려들었다. 그런 그를 바라보던 신도율은 비웃음을 머금었다.

'이건 뭐야?'

제대로 된 보법도 없이 달려드는 상태가 꼴사납다 여기며 신도율은 자신의 도를 움직일 준비를 끝냈다.

그의 도가 빠르게 무명을 벨 듯이 사선으로 떨어져 내렸다.

휘익!

바로 그 순간 제대로 된 보법도 펼치지 못하던 무명의 움직임이 돌변했다.

사선으로 날아드는 도를 어깨로 받아 냄과 동시에, 한쪽 손으로는 몸을 반으로 갈라 버리려는 도의 위쪽을 움켜잡은 것이다.

으드득.

뼈가 부러지는 소리와 함께 도가 어깨를 뚫고 틀어박혀 있는 상황.

갑작스럽게 어깨로 도를 받아 낸 채 움켜쥔 무명의 행동에 신도율이 눈을 크게 치켜뜰 때였다. 무명은 어깨에 느껴지는 고통은 아랑곳하지 않고 몸을 앞으로 밀어 넣었다.

드드드득!

더욱 큰 소리와 함께 도가 몸속 깊숙이 파고들었다. 엄청난 고통이 밀려들었지만 그 대가로 무명은 신도율과의 거리를 좁힐 수 있었다.

그리고 그 순간 무명이 짧게 잡은 검을 강하게 내리찍었다.

팍!

자신의 목숨까지 내걸며 찍어 내린 일격이 신도율의 어깨에 틀어박혔다.

피가 팍 하고 터져 나옴과 동시에 신도율의 얼굴에 분노
가 서렸다.

"이 새끼가!"

신도율은 쥐고 있던 도를 손에서 놓는 것과 동시에 두 개
의 손바닥으로 비어 있는 무명의 가슴을 후려쳤다.

뻐엉!

가죽 북 터지는 듯한 소리와 함께 무명의 몸이 실 끊어진
연처럼 하늘을 훨훨 날며 바닥으로 떨어져 내렸다.

"쿨럭."

바닥에 떨어진 그의 입에서 검은 피가 연신 터져 나왔다.

어깨 위에서부터 뚫고 들어온 도는 이미 팔 한쪽을 거의
자를 정도로 깊숙이 파고들었고, 무방비하게 적중당한 방
금 일격으로 몸 안의 장기들마저 터져 버렸다.

신도율은 어깨에 박힌 검을 뽑아서 바닥에 내팽개쳤다.

파앙.

바닥에 검을 던진 채로 신도율이 무명에게 다가왔다. 어깨
에 입은 부상 때문에 어깨 부분의 옷은 피로 물들어 있었다.

죽어 가는 무명의 지척까지 다가온 신도율이 기가 차다
는 듯 말했다.

"미친 자식, 고작 이 정도 상처를 내려고 목숨을 걸어?"

이해가 안 간다는 듯한 신도율의 말에 바닥에 쓰러져 있

는 무명은 피에 젖은 이를 드러내며 환히 웃었다.

"······태양이 있어야 그림자가 있는 법이니까."

"뭐?"

"나에게······ 교주님은 태양이었소."

신도율은 지금 무명이 말하는 교주라는 것이 혁무조라는 사실을 알 수 있었다. 죽어 가는 와중에도 이 같은 말을 내뱉는 무명의 모습을 보며 신도율은 기분이 나빴는지 발을 움직였다.

그의 발이 어깨에 박힌 도를 더욱 깊게 박히도록 만들었다.

그런 신도율의 행동에 무명은 입술을 꽉 깨물고 고통을 버텨 냈다.

이런 와중에 비명을 지른다면 신도율만 기분 좋게 해 주는 일이라 여겼기 때문이다. 이를 악물고 버텨 내는 무명을 보며 신도율은 그의 상처 부분을 발로 짓이겼다.

그럼에도 불구하고 참아 내는 무명을 보며 신도율은 침을 탁 하고 내뱉었다.

"재수 없는 자식."

말을 끝마친 신도율은 무명의 어깨에 박혀 있는 도를 뽑아냈다.

동시에 더욱 많은 양의 피가 순간적으로 뿜어져 나왔다.

가뜩이나 뿌옇게 변해 가던 시야가 일순 더욱 멀게 느껴졌다.

무명은 직감할 수 있었다.

죽음이 목전까지 다가왔다는 사실을.

그런데…….

이상하게 입가엔 미소가 지어진다.

점점 숨을 쉬기 어려워질수록 누군가의 모습이 보이는 것만 같아서.

멀어져 가는 시야. 그 와중에 자리에 누워 올려다보는 마교의 밤하늘은 아름다웠다. 한쪽으로 서서히 사라져 가는 달이 그의 눈동자에 들어왔다.

무명이 천천히 입을 열었다.

"……아름다운 밤이구나."

그 말을 끝으로 무명의 시야가 완전히 뿌옇게 변했다. 그리고 더는 버티기 힘들었는지 두 눈을 조심스럽게 감았다.

'애초에 그림자로 살아온 삶, 그림자의 주인이 죽었을 때부터 제 삶 또한 없는 것과 다름없었습니다. 아드님을 도와 달라는 마지막 임무를 마쳤으니 이제 다시 당신을 지키러 가야겠습니다.'

무명이 눈을 감은 채로 힘겹게 마지막 말을 내뱉었다.

"임무 완수했습니다. 나의…… 태양이시여."

6장. 천마
— 넌 특별하니까

지척까지 다가온 상대의 말에 혁련휘의 표정은 다시금 일그러졌다.

　"……당신이 천마라고?"

　"그래, 내가 바로 천마다."

　말을 내뱉은 천마는 곧바로 혁련휘에게서 멀어졌다. 그런 그를 바라보는 혁련휘가 믿기지 않는다는 듯 물었다.

　"그럼 그쪽이 몇백 년이나 살았다는 말인가?"

　"뭐 반은 맞고, 반은 틀려."

　"그게 무슨 소리지?"

　"난 이 안에서만 존재할 수 있거든. 지금 이곳에 자리하고 있으니 어떻게 보면 살아 있는 것이고, 또 어찌 본다면 세상엔 없으니 죽은 사람이라고 봐야겠지. 난 이 진법 안에서만 살고 있으니까 말이야."

천마는 수백 년도 더 전의 사람이다.

제아무리 무인이 보통 사람들보다는 조금 더 긴 삶을 살아간다고 할지언정 그것은 인간에게 허락된 시간이 아니다.

그런 천마가 여태까지 이리 존재할 수 있는 건 바로 이 진법이 있기 때문이었다.

천마가 말한 대로 그는 살아 있는 사람은 아니었다.

분명 수백 년 전에 숨을 거뒀으니 말이다.

그렇지만 이 진법 안에서만큼은 자신의 생각을 말할 수 있고, 또 만질 수도 있었다.

진법 안에서 살아가고 있는 환영, 그것이 바로 혁련휘의 눈앞에 있는 천마의 정체였다.

천마의 이야기에서 얼추 지금의 상황을 알아차렸는지 혁련휘는 고개를 끄덕였다.

세 번째 관문인 삼관문에 들어서기 무섭게 변하기 시작했던 주변의 모습.

죽었던 천마가 살아 있는 것이나 내부의 공간 자체가 완전히 변한 모든 게 진법 때문에 벌어진 일들이었다.

혁련휘가 물었다.

"내가 알기로 당신은 훨씬 더 늙었다고 알고 있었는데?"

천마가 마교를 떠날 때만 해도 이미 백발이 성성한 노인 이었다 들었다.

그런데 지금 눈앞에 있는 천마는 혁무조와 비슷한 중년 의 사내였다.

그런 혁련휘의 질문에 천마는 양손을 슬쩍 들어 올려 보 이며 대답했다.

"맞아. 내가 죽었을 때는 훨씬 더 노인이었지. 그리고 지 금 이 모습은 내가 가장 원기 왕성할 때의 모습이야. 이왕 사는 거 젊은 채로 사는 게 더 좋은 건 당연한 거잖아. 어 때? 꽤 준수하지 않아?"

"그럴 거면 한 스무 살은 더 어리게 하지 그랬어."

"하하, 그러면 너무 핏덩이 같아서. 만만해 보이는 건 또 질색이거든."

손사래를 치면서 웃는 모습이 무척이나 유쾌해 보이는 사내였다. 마교의 창시자이자, 무림 역사상 가장 강력했던 무인.

전해져 내려오는 이야기로 천마는 무척이나 패도적인 인 물이었다.

수많은 적들을 무릎 꿇리고 죽이며 결국 절대자의 자리

에 오른 자가 바로 천마다.

생각보다 밝은 인상의 천마를 보며 혁련휘가 말했다.

"들었던 것과는 많이 다르군."

"다르다니?"

"꽤나 잔인하다고 들었거든. 그런데 막상 보니 잘못된 소문이었나 싶어서."

혁련휘의 말을 웃는 얼굴로 듣고만 있던 천마가 슬그머니 입을 열었다.

"글쎄. 과연 그게 잘못된 소문일까?"

알 수 없는 말을 던진 천마가 뒷짐을 진 채로 천천히 걸음을 옮겼다.

그러고는 이내 혁련휘를 향해 시선을 돌리며 알 수 없는 말을 던졌다.

"넌 참 운이 좋아."

"뭘 말하는 거지?"

되묻는 혁련휘를 향해 천마가 말했다.

"내가 누군가와 이야기를 하는 게 수백 년 만이라 기분이 꽤 좋거든. 사실 그게 아니었다면 지금 이렇게 우리 둘이 기분 좋게 대화를 이어 가고 있지는 못했을 거야."

"그게 무슨……."

"지금 너 같은 말투로 내게 지껄인 놈들 중에 살려 둔 놈은 하나도 없었거든."

말을 내뱉는 천마의 얼굴엔 웃음기만이 가득했다.

그렇지만 혁련휘는 알 수 있었다.

그 웃음 뒤에 감춰져 있는 천마라는 인물의 강인한 힘을.

싸아아아.

눈동자에서 터져 나오는 그 강렬함이 혁련휘의 두 주먹을 불끈 쥐게 만들었다.

자신을 노려보는 혁련휘의 시선을 보며 천마가 여유 있게 말했다.

"어이, 긴장하지 말라고. 넌 특별하니까. 겨우 반말을 지껄였다는 이유만으로 죽일 생각은 없거든. 수백 년 만에 만난 내 말 상대고, 또 여기까지 올 정도의 자격이 있는 녀석이니까. 내 인생에서 유일하게 특별 대우해 주는 한 사람이라고 치지. 오래 살았더니 이런저런 격식도 번거롭고 말이야."

천마의 말투에선 혁련휘 정도는 마음만 먹는다면 언제든 죽일 수 있다는 자신감이 묻어 나왔다.

혁련휘 또한 인정하고는 싶지 않지만 정말로 천마가 자신이 생각하는 수준에 올라서 있다면 이 싸움의 승자는 그가 될 것이다.

그리고 그 수준의 강함이 혁련휘에겐 필요했다.

그런 혁련휘를 향해 천마가 물었다.

"하나 묻지. 지금 내 앞에 있다는 것만으로 이미 예상은 되지만…… 이곳에 들어온 이유가 뭐지?"

천마의 질문에 혁련휘가 답했다.

"강해지기 위해서."

"지금도 충분히 강할 텐데? 이관문까지면 이미 세상에 적수가 없을 정도로 강할 거라 생각하는데? 틀린가? 굳이 목숨을 걸고 이곳에 들어온 이유를 모르겠군."

의아하다는 듯 고개를 갸웃하는 천마를 향해 혁련휘가 말을 받았다.

"나 말고 먼저 이곳을 다녀간 놈이 있어서. 일관문만 돌파하긴 했지만 나보다 훨씬 빠르게 다녀간 탓에 실력에서 밀려."

"그럼 뭐가 문제야? 고작 그 정도 상대라면 결국 시간은 네 편일 텐데."

천마가 이해가 안 간다는 듯 물었다.

일관문밖에 넘지 못했던 자와 지금 자신의 앞까지 도달한 자.

당연히 그 능력에서는 이곳까지 도달한 혁련휘가 훨씬 뛰어날 것이라 여겼다.

당장에야 상대에게 질지 몰라도 시간이 흐른다면 결국

혁련휘가 넘어설 거라 생각한 것이다.

그런 천마의 물음에 혁련휘가 대답했다.

"그쪽이 말하는 시간이라는 게 내 편이 아니라서."

"흐음."

뭔가 사정이 있음을 눈치챈 천마는 짧게 소리를 흘렸다.

천마가 이내 말했다.

"사정이 있는 건 알겠지만…… 오늘의 선택을 후회할 수
도 있다는 건 염두에 두지 않은 모양이군. 오히려 이곳에서
살아서 돌아갈 확률이 더 희박하다는 걸 생각하지 않은 건
아니겠지?"

넘어서지 못하면 죽는다.

그것이 바로 삼관문이다.

천마가 천천히 말을 이었다.

"이곳 삼관문에 들어섰다는 게 무엇을 의미하는지 아느
냐?"

그의 몸 주변으로 아지랑이처럼 하얀 기운이 올라왔다.
그리고 이내 그 아지랑이들이 펼쳐지자 주변의 모든 것들
이 떨려 오기 시작했다.

세상 모든 것들이 뒤흔들리는 공간 속에서 천마가 입을
열었다.

"죽거나, 아니면…… 최강이 되거나."

말을 끝낸 천마의 양 손바닥에 모인 무형의 기운이 하나의 물체를 만들기 시작했다. 그 기운은 혁련휘의 파멸혼과 마찬가지의 모양새를 갖췄다.

두 자루의 파멸혼.

천마의 몸 주변에서 터져 나오는 기운을 느끼며 혁련휘는 알 수 있었다.

천마가 슬슬 시작하려 한다는 사실을.

혁련휘가 무뚝뚝하니 말했다.

"그럼 난 최강이 돼야겠군."

말을 마친 그가 진짜 파멸혼을 꺼내어 들며 말을 이었다.

"……아직 죽을 생각은 없어서 말이야."

반대편에 서 있던 천마가 그런 혁련휘의 말에 피식 웃으며 한 걸음 다가왔다.

그의 몸 주변에서 폭발하듯 기운이 뿜어져 나왔다.

비록 정신만이 남아 있는 환영이긴 했지만 천마는 무척이나 유쾌했다.

수백 년 만에 나누는 대화, 그리고 또 그 긴 시간 만에 손을 겨룰 상대가 나타났다. 이 즐거움을 과연 어떤 말로 표현해야 좋을까?

그 기쁨을 말해 주는 것처럼 천마의 주변으로 아수라의 기운이 휘몰아쳤다.

뇌기에 휩싸인 천마가 입을 열었다.

"슬슬 시작해 볼까? 네가 나의 무공인 진아수라를 받을
자격이 있는지, 없는지를."

＊   ＊   ＊

혁련휘가 안으로 들어간 지 삼 일이 지났다.

그가 사라진 이후 비설과 환야, 달치 셋은 모두 동굴에서
지냈다.

천마의 무덤을 지키고 있던 금명은 얼결에 이들과 함께
시간을 보내야만 했다.

천마의 무덤을 지키는 묘지기가 되면서부터 딱히 인간관
계에 얽히지 않았던 그다.

당연히 혁련휘와 함께했던 그때를 제외하고는 다른 누군
가와 시간을 보낸 기억이 거의 없었다.

그런 그의 공간에 세 명의 인물들이 끼어들었다.

더군다나 이 세 사람은 그간 보아 왔던 이들에 비해 무척
이나 말들이 많았다.

덕분에 금명은 며칠째 이들에게 정신없이 휘둘리고 있었
다.

"할아버지 이것 좀 드세요."

특히나 금명을 당황하게 만드는 건 바로 이 비설이라는 인물이었다. 눈이 보이지 않음에도 목소리만으로 단번에 느낄 정도로 비설이라는 자는 무척이나 명랑했다.

옆에 있는 사람을 저절로 웃음 짓게 만드는 힘을 지닌 인물.

그렇다고 해서 엄청 수다스럽거나, 아무 말이나 막 내뱉는 그런 부류도 아니었다.

적당히 이야기를 하면서 남을 배려한다는 느낌이 강렬하게 와 닿고, 또한 예의를 갖춰 대화를 해 나간다.

금명은 비설이 내미는 뭔가를 받아 들었다.

그가 손에 느껴지는 말캉거리면서도 까끌까끌거리는 걸 든 채로 물었다.

"이건 무엇이냐?"

"복숭아예요."

"……복숭아라고?"

"네, 환야 아저씨가 외출했다가 오는 김에 구해 오셨어요."

혁련휘의 명대로 환야는 달치와 함께 흑풍이 돌아왔는지 확인하기 위해 매일 시간을 내서 움직였다.

혹시 모를 위험한 상황에 대비하기 위해 환야는 달치와 함께 흑풍이 돌아오기로 약속한 출구 쪽에 다녀왔고, 오는 김에 복숭아를 따서 가지고 왔던 것이다.

말을 끝낸 비설은 자신의 손에 들린 복숭아를 베어 물었고, 이내 만족스럽게 고개를 끄덕였다.

"맛 좋네요."

"……."

비설의 말을 들으면서도 금명은 손에 들린 복숭아를 조용히 어루만지고만 있었다. 그런 그를 향해 비설이 물었다.

"왜요? 복숭아 싫어하세요?"

"……아니. 너무 오랜만이라 그렇단다."

묘지기의 삶을 산 이후 금명은 단 한 번도 바깥의 음식을 접해 보지 못했다.

그는 이곳을 떠날 수 없었고, 언제나 벽곡단만으로 끼니를 때웠다.

미리 준비되어진 양도 상당했고, 이것이 끝나 갈 무렵이면 마찬가지로 대를 이어 벽곡단을 가져다주는 이로부터 또 다시금 새로운 것들을 건네받는다.

사십 년 가까이를 벽곡단만 먹으며 살아온 금명에게 복숭아라는 것은 기억의 저편에 이름만 남아 있는 과일일 뿐이었다.

복숭아가 오랜만이라는 금명의 말에 이것들을 구해 온 환야가 고개를 갸웃하며 물었다.

"조금만 나가도 복숭아들이 주렁주렁 달려 있는데 왜 오랜만이랍니까?"

자하도에는 과일이 그리 많지 않다.

그런 자하도에 유독 많은 과일이 하나 있으니, 그것이 다름 아닌 복숭아였다. 천마가 복숭아를 좋아했기에 이곳 자하도로 들어오며 적잖은 씨앗을 챙겨 온 덕분이었다.

손만 뻗어도 구할 수 있을 정도의 복숭아를 오랜만이라 하자 환야는 의아했던 것이다.

그런 환야의 말에 금명이 답했다.

"난 이곳을 나갈 수가 없다."

"허어, 그럼 며칠째 잡수시던 저 벽곡단만 드시는 겁니까?"

"그랬지."

"여기 계신 지가 얼마쯤 되셨죠?"

"사십 년쯤 되었나? 정확히는 기억이 안 나는군. 이 안에선 시간이 가는 걸 느끼기가 힘들어서 말이야."

사십 년이나 벽곡단만 먹어왔다는 말에 옆에서 듣고만 있던 비설은 기겁했다.

"그 맛없는 걸 사십 년이나요?"

놀라는 비설의 말에 금명은 그저 묵묵히 고개만 끄덕였다.

그는 여전히 손에 든 복숭아를 채 입에 가져다 대지 못하고 계속해서 만지작거리기만 할 뿐이었다.

이미 자신이 먹을 걸 다 먹고 바닥에 누운 달치는 잠에 빠져 있었고, 환야 또한 그쪽으로 걸음을 옮겼다.

그런 그들을 향해 잠시 시선을 주던 비설은 곧 혁련휘가 사라졌던 입구 쪽으로 고개를 돌렸다.

금명이 자리하고 있는 옆쪽에 위치한 돌벽.

지금은 평범한 돌로 된 벽이었지만 그때 저 공간이 열리며 쏟아져 나왔던 붉은빛이 아직도 머리에 가득했다.

저 안으로 들어간 혁련휘의 안위를 확인할 방법 따위는 없었다. 그랬기에 내심 신경이 쓰였지만…….

그래도 비설은 믿었다.

혁련휘가 반드시 저 문을 열고 돌아올 것이라고.

비설은 곧 자신의 걱정을 지우며 아직까지도 복숭아를 쥐고 있는 금명에게 말을 걸었다.

"어서 드세요. 맛있게 잘 익었거든요."

"……."

다시금 들려오는 그녀의 말에 금명은 머뭇거리다가 이내 복숭아를 천천히 자신의 입에 가져다 댔다. 그러고는 이내 천천히 이빨에 걸리는 복숭아를 한 입 깨물었다.

부드러운 복숭아가 그의 입 속으로 사라졌다.

사십 년 만에 먹는 과일이었다.

물끄러미 복숭아를 먹고 있는 모습을 바라보던 비설이 물었다.

"어때요? 괜찮으세요?"

궁금하다는 듯이 묻는 비설의 물음에 금명이 슬그머니 웃으며 중얼거렸다.

"……달구나."

*   *   *

혁련휘가 진아수라를 얻기 위해 들어선 지 오 일째.

그를 기다리는 일행들의 시선이 혁련휘가 들어섰던 입구 쪽으로 향하는 횟수가 날이 갈수록 빈번해졌다.

안쪽에서는 그 어떠한 소리도 들리지 않았다.

깊은 침묵, 그랬기에 이들은 더욱 궁금했다.

과연 지금 이 안에서는 무슨 일이 벌어지고 있는 것일까?

여러 가지 부분에서 걱정과 궁금증이 밀려들었지만 바깥에 있는 그들로서는 알 수 있는 그 어떠한 방법도 없었다.

입구를 바라보던 환야가 중얼거리듯 말했다.

"벌써 반이나 지났는데……."

금명에게 들었던 대로라면 열흘 안에 반드시 돌아와야 했다.

혁련휘에게 주어진 그 열흘 중 오 일째가 넘었으니 어느 덧 절반 가까이가 흐른 상황.

환야가 이번엔 매일 같은 자리에 앉아 있는 금명에게 물었다.

"영감님, 안의 상황을 확인하거나 하는 방법은 없습니까?"

"없어. 이곳은 오로지 자격을 갖춘 자만이 들어갈 수 있는 장소니까."

돌아오는 금명의 말에 환야는 입맛을 다실 수밖에 없었다. 저 안으로 들어설 자격이 없으니 지금으로선 그저 기다리는 것밖에는 방도가 없었다.

매일 흑풍이 돌아왔는지 확인하기 위해 나갔다 들어오기를 반복하는 환야가 이내 궁금하다는 듯이 물었다.

"그런데 이곳 근처에는 뭐 그리 숨어서 염탐하는 놈들이 많습니까? 원래 그랬습니까?"

"원래도 제법 있었지. 이곳에는 엄청난 것들이 숨겨져 있다고 알려져 있으니 욕심이 날 수밖에."

천마가 마지막으로 숨을 거둔 곳.

당연히 이곳에 그가 남긴 무공과 보물들이 있다는 건 자하도 내의 공공연한 비밀이다.

강함을 숭배하는 자하도에서 천마의 힘에 대한 욕심이 나는 건 당연하다.

그랬기에 언제나 이 근처에는 제법 많은 자들이 득실거린다. 그자들은 뭔가 얻을 게 없나 하고 눈을 빛내며 기회만을 엿본다.

섣부르게 이곳에 들어섰다가는 죽을 거라는 걸 알기에 들어서지는 못한 채로 인근에서 시간만 보내는 것이다.

그렇게 대화를 주고받은 이후 혁련휘가 사라진 쪽을 다시금 걱정스레 바라보던 일행들의 귓가에 수상한 발걸음 소리가 들려오기 시작했다.

금명을 포함한 네 사람의 시선이 자연스럽게 이곳까지 오는 길목으로 향했다.

그리고 그 긴 어둠 속에서 점점 모습을 드러내기 시작한 자들.

소리의 정체는 여덟 명의 사내들이었다.

금명이 천천히 자리에서 일어났다.

그런 그와 가까이 있던 환야가 빠르게 물었다.

"영감님, 오늘 누가 오기로 되어 있습니까?"

"그럴 리가."

금명의 짧은 대답에 저들이 초대받지 않은 불청객이라는

것 정도는 알 수 있었다.

저들의 정체가 뭔지 확인하려는 그때 걸어 들어온 여덟 사내들 중 하나가 먼저 입을 열었다.

"어이, 금명."

"……네놈이구나."

목소리를 듣는 순간 금명은 상대가 누군지 알아차린 모양이다. 그렇지만 확 구겨지는 표정에서 알 수 있듯이 그리 유쾌한 상대는 아니었다.

상대 사내가 말했다.

"여기서 꺼지라고 했는데, 어떻게 된 게 오히려 사람 숫자가 늘었네?"

말을 하며 그자는 이곳에 찾아온 세 사람을 번갈아 바라봤다. 그런 그의 말투에 환야가 기가 막힌다는 듯 팔짱을 꼈다.

상황을 파악하기 위해 침묵하고 있는 비설과 환야를 대신해 금명이 대꾸했다.

"난 이곳의 묘지기다. 이것은 다음 대 묘지기를 구하기 전까지 내가 짊어진 임무지. 그런 내가 이곳을 떠날 거라 생각하는 게냐?"

"아, 그러니까 그 묘지기인지 뭔지 내가 해 준다니까? 이제 나이도 먹을 대로 먹었는데 뒷방에 가서 좀 쉬라고."

"나도 누군가에게 이 자리를 맡기고 훌훌 떠나고 싶지만…… 그래도 네놈에겐 이곳에 앉을 자격이 없다."

"거참 말귀가 안 통하는 영감이네. 이곳을 지키는 자라 특별히 대우를 해 줬지만 더는 못 봐주겠네. 그냥 안 꺼지면 내 손으로 나가게 만들어 드리지 뭐."

말을 마친 사내는 옆에 있는 이들에게 슬쩍 고갯짓을 하며 움직이자는 신호를 보냈다.

여덟 명의 사내가 동시에 금명을 향해 다가오려고 할 때였다.

비설과 환야가 약속이라도 한 듯이 그들의 앞을 막아섰다.

그리고 그런 둘의 모습을 본 달치 또한 자리에서 일어나 뒤편으로 가서 섰다.

이들의 행동에 방금 전까지 금명에게 협박을 가하던 사내가 피식 비웃음을 흘렸다.

"너흰 뭐야? 그냥 못 본 척해 주고 있었는데 주제도 모르고……."

"못 본 척해 주던 건 우리고. 여기서 소란스럽게 하지 말고 좀 나가지 그래?"

환야가 퉁명스레 말했다.

사실 처음부터 그리 맘에 들진 않았지만 자신들의 일이

아니라 여겨서 우선은 보고만 있었다. 그렇지만 선두에 선 저자가 뱉어 낸 말을 통해 그냥 넘길 상황이 아니라는 걸 확인한 것이다.

사내는 기가 차다는 듯이 가볍게 목을 꺾으며 위협적인 표정을 지어 보였다.

"죽고 싶어서 환장을 한 놈이네."

"아까부터 내가 할 말을 자꾸 먼저 하네."

놀리듯이 말하는 환야의 말투에 사내의 입꼬리가 씰룩였다.

그가 말했다.

"마음이 변했어. 그냥 나간다면 굳이 죽일 생각은 없었는데…… 아무래도 몸성히는 못 나갈 듯싶다 너."

"조금 있다가도 그 말 할 수 있을지 우리 내기 한번 할래?"

말을 하는 환야가 슬그머니 소매를 아래로 내렸다.

흘러내리듯 떨어져 내린 비수가 그의 손아귀에 부드럽게 감겼다.

환야가 짧게 말했다.

"우리 둘이 처리할 테니까 비설 너는 영감님을 지켜 줘."

"네, 아저씨."

환야의 말에 비설은 고개를 끄덕이고는 서둘러 금명에게

다가갔다. 이자들의 목표가 금명이라는 걸 알기에 혹시나 무슨 일을 벌이는 걸 사전에 방지하기 위함이다.

비설이 물러나고 그 자리를 대신한 달치가 주먹을 불끈 쥐었다 폈다를 반복했다.

그런 달치에게서 풍기는 묘한 박력에 상대들은 순간적으로 움찔했다.

그렇지만 곧 그들은 다시금 자신감 가득한 얼굴로 각자의 무기를 꺼내 들었다.

적어도 이곳에서 이름을 날리는 자라면 자신들이 알아야 한다.

자하도라는 섬에서 정체를 파악할 수 없는 자들.

위험할 거라는 생각은 들지 않았다.

환야가 짧게 말했다.

"달치야, 빨리 끝내고 밥 먹자."

"알겠다. 달치 배고플 때 건드리는 거 제일 싫어한다."

태평스러운 말을 주고받는 둘을 바라보던 사내가 짜증 가득한 얼굴로 소리쳤다.

"감히 누굴 앞에 두고 그딴 소리야? 죽여!"

화가 나 소리치는 사내의 명령에 따라 뒤편에 있던 이들이 단숨에 뛰어들었다. 그들의 손에 들린 각자의 병기가 빠르게 휘몰아쳤다.

파라락!

순식간에 둘을 향해 달려드는 이들.

그리고 장님이긴 하지만 금명은 그런 날카로운 소리에 움찔했다.

하지만 비설은 전혀 걱정 없는 얼굴로 쏟아지는 공격을 눈으로 좇고 있었다. 자하도의 고수들이긴 했지만 그렇다고 해도 고작 저 정도 숫자로 어찌할 수 있는 상대가 아니었다.

날아드는 검을 향해 환야의 비수가 먼저 움직였다.

스르릉!

날카로운 소리와 함께 사이로 파고든 비수 한 자루가 허공을 갈랐다.

좌악좌악!

눈으로 좇기 힘들 정도로 빠르게 밀려드는 비수로 인해 그들의 발걸음이 잠시 멈췄다.

가까스로 비수를 막아 낸 그 순간 커다란 그림자가 그들에게 들이닥쳤다.

달치의 주먹이 날아들고 있었다.

선두에 있던 자는 재빠르게 양팔을 들어 올리며 달치의 공격을 막으려 했다.

하지만 그게 실수였다.

뻐엉!

터지는 소리와 함께 그의 몸이 뒤로 날아갔다.

그리고 얼결에 날아드는 동료를 받아 내는 상황이 된 그들은 놀라운 일을 경험하고야 말았다. 날아드는 동료를 받으려던 네 명의 사내들이 그대로 밀려 나가며 깔려 버리고야 만 것이다.

달치의 일격을 양팔을 교차시켜 막아 냈던 그자는 팔뼈가 부서진 채로 혼절해 있었다.

혼절한 동료를 밀쳐 내며 자리에서 일어난 네 명은 놀란 얼굴로 달치를 응시했다.

그리고 비단 그 넷뿐만이 아니라 옆에서 그런 말도 안 되는 상황을 지켜볼 수밖에 없었던 세 명 모두 당황한 건 매한가지였다.

일격에 동료 중 하나가 쓰러진 것도 놀라울 일.

그런데 날아가는 상대를 잡으려던 셋까지 그 힘을 견디지 못하고 쓰러질 정도라면 대체……

'보통 놈들이 아니다.'

화가 나 있던 표정이 사라지고 얼굴에는 긴장한 빛이 서렸다.

쓰러진 한 명을 제외한 나머지 일곱은 섣부르게 움직이지 않고 자세를 잡았다.

아까처럼 무작정 달려들기보다는 체계적으로 싸우려는 것이다.

숫자는 자신들이 훨씬 많았지만 상대들의 실력이 범상치 않다.

변해 버린 표정에서 알아차렸는지 환야가 몇 자루의 비수를 꺼내 손가락 사이에 걸고는 말했다.

"이제야 좀 긴장이 되나 보네."

말을 마친 환야의 몸이 사라졌다.

하지만 이들 또한 자하도 천림에서 살아가던 이들. 속수무책으로 당하고만 있지는 않았다.

그들은 환야에 현혹되기보다는 눈에 보이는 달치를 향해 달려들었다.

커다란 도가 달치의 목을 노리고 날아들었다.

그렇지만 달치는 덩치와는 어울리지 않는 재빠른 몸놀림으로 날아드는 도를 피해 냄과 동시에 주먹을 올려 쳤다.

부웅!

허공에서 몸을 뒤로 꺾으며 아슬아슬하게 공격을 피해 내는 사이, 또 다른 한 명이 달치의 하반신을 노리며 치고 들어갔다.

팍.

몸을 낮춘 채 달려들던 그자의 검이 반원을 그렸다.

그 순간 달치가 피하려는 듯 반쯤 발을 들어 올렸다가 이내 강하게 땅을 향해 내리찍었다.

파앙!

달치의 내력이 담긴 발에 의해 검날이 날카로운 소리를 내며 반으로 뚝 하고 부러져 버렸다. 그렇지만 그것에 채 놀라기도 전에 이미 뒤편엔 환야가 다가와 있었다.

그의 비수가 허벅지에 틀어박혔다.

파앗.

피가 터져 올랐고, 동시에 환야는 허공으로 솟구쳐 올라 또 다음 상대의 어깨를 꿰뚫어 버렸다. 순식간에 두 명을 쓰러트린 환야의 몸이 다시금 어둠 속으로 사라졌다.

"젠장! 어디냐!"

눈앞에서 갑자기 사라진 환야의 존재에 당황한 사내가 버럭 소리쳤다.

그때였다.

소리를 내지른 사내의 바로 귓가 쪽에서 환야의 목소리가 흘러들었다.

"여기야."

＊　　　＊　　　＊

자신의 거처에 자리하고 있는 외팔 노인은 앞에 놓인 술을 말없이 들이켜고 있었다. 연신 술만 들이켜고 있던 그는 황급히 다가오는 기척을 느끼며 천천히 잔을 내려놓았다.

기다렸던 수하들이 돌아온 것이다.

그런데…….

금명을 쫓아내기 위해 움직였던 여덟 명의 사내들. 그런데 돌아온 그들의 꼴은 말이 아니었다. 혼절해서 업혀 온 이들도 있었고, 일부는 얼굴에 새파란 멍이 잔뜩 들어 있었다.

다리를 절뚝거리는 이도, 어깨에 큰 부상을 입어서 팔조차 제대로 가누지 못하는 자도 있다.

그런 수하들의 모습을 확인한 외팔 노인이 기가 막힌다는 듯 물었다.

"지금 그 꼴이 무슨……."

말을 내뱉는 노인의 얼굴에는 깊은 짜증과 분노가 뒤섞여 있었다. 일을 성사시키라고 보냈거늘 이토록 꼴사납게 당하고 온 모습을 보니 화가 치밀어 오른 것이다.

치솟는 화를 애써 참아 내며 노인이 물었다.

"무슨 일이 있었던 게냐? 금명에게 당한 것이냐?"

"그, 그것이 아니라 며칠 전부터 그곳에 있는 놈들에게……."

"고작 네 놈이 아니더냐. 정체조차 파악 안 되는 그런 하찮은 놈들에게 당했다고?"

이해가 안 간다는 듯이 노인이 물었다.

그리 크지 않은 이 자하도에서 정체가 파악 안 된다는 건 곧 신경 쓸 필요도 없다는 약자라는 셈이었으니까.

그런 이들에게 자신의 수하들이 당했다는 사실이 쉬 믿기지 않았다.

그런 노인의 말에 사내가 보다 정확하게 상황을 보고했다.

"둘에게 당했습니다."

"둘이라고? 나머지 두 놈은 어디에 있고 둘에게 당해?"

더욱 어처구니없다는 듯 말을 꺼내자 사내가 안에서 보았던 것들을 재차 말했다.

"내부에는 셋밖에 없었습니다. 그리고 한 명은 싸움에 끼지도 않았고요. 다른 둘에게 저희가 당했습니다."

"……셋밖에 없었다?"

"네, 확실히 확인했습니다."

사내의 말에 노인의 표정이 심각해졌다.

정체불명의 이들 네 명이 동굴 안쪽으로 들어간 사실은 이미 알지 않았던가.

다만 며칠째 바깥으로 나왔다 들어갔다를 반복하는 것을

보며 그들의 목적이 천마의 무공이 아닐 거라 여겼다.

오히려 금명과 관련된 일로 그곳에 머물고 있는 게 아닐까 판단했던 것이다. 그런데 그 안에 있어야 할 한 명이 없다는 말은…….

'관문으로 들어갔다 이건가?'

다소 의외이긴 했지만 놀랄 일은 아니다.

아주 드물긴 하지만 몇 년, 또는 몇십 년에 한 명씩은 자신의 주제도 모르고 그곳에 도전하곤 했으니까.

하지만 노인은 이상하게 불안했다.

'아무래도 서둘러야겠군.'

혹시 모를 상황을 대비하여 노인은 준비해 왔던 일을 보다 빠르게 앞당기기로 마음먹었다.

자하도 역사상 수많은 이들이 천마의 무공과, 그가 남겨 놓은 또 다른 보물들을 얻기 위해 목숨을 걸었다.

그렇지만 노인은 굳이 그럴 생각이 없었다.

그에겐 다른 계획이 있었다.

'목숨을 걸고 들어갈 바엔 외부에서 파괴하면 그만 아니던가.'

혹시나 무공은 소멸할 순 있어도 그가 남겨 놓은 수많은 것들은 얻을 수 있을 것이다. 어차피 그냥 둬 봤자 그림의 떡일 뿐인 것들, 그 일부라도 챙긴다면 노인에겐 상관없는 일이었다.

그리고 운 좋게 무공이라도 남겨져 있다면 그야말로 금상첨화.

확실한 건 상황이 둘 중 어떻게 되든 간에 노인에게 손해 볼 일은 전혀 없다는 것이었다.

외부에서 천마의 무덤을 파괴할 모든 준비가 끝난 지금, 괜한 방해를 받고 싶지는 않았다.

노인이 물었다.

"그놈들에 대해 보다 자세히 말해 봐."

7장. 수호

— 건드리지 마

천마의 마지막 힘을 얻기 위해 삼관문으로 향한 지 어느 덧 구 일이라는 시간이 흘렀다.

그 시간이 흐르는 동안 바깥에 있는 이들의 하루는 단순했다.

대부분을 동굴 안에서 시간을 보냈고, 환야와 달치만이 부의민의 연락을 확인하기 위해 하루에 한 번씩 외출을 했을 뿐이다.

그 둘을 제외하고 비설은 계속해서 동굴 내부를 지킨 채로 혁련휘가 돌아오기를 하염없이 기다리고만 있었다.

언제나와 마찬가지로 흑풍이 돌아왔는지 확인하기 위해

환야가 자리에서 일어났다.

그가 일어나자 심심하다는 듯 자리하고 있던 달치도 황급히 움직였다.

가다가 먹을 음식을 대충 챙긴 환야가 비설을 향해 짧게 말했다.

"다녀올 테니까 이따 보자고."

"네, 아저씨도 조심해서 다녀오세요."

고개를 끄덕인 환야가 혁련휘가 사라졌던 입구 쪽을 잠시 바라보다가 이내 시선을 돌렸다. 그가 뒤쪽에 있는 달치를 툭 치며 말했다.

"가자."

달치는 말없이 고개를 끄덕거리고는 곧바로 환야와 함께 동굴 바깥으로 걸어 나갔다.

밖으로 나온 환야는 말없이 주변을 가볍게 둘러봤다. 여전히 나무 사이사이에서 이 인근을 배회하는 이들의 기척이 느껴졌다.

'시간이 별로 안 남았는데 말이야.'

아직까지 돌아오지 않는 혁련휘에 대한 걱정이 잠시 들었지만 환야는 애써 고개를 저었다.

지금 그런 쓸데없는 고민을 하기보다는 혁련휘가 명령한 일부터 확인하는 것이 먼저였다.

환야는 흑풍이 돌아왔을지 모를 자하도의 출구 쪽으로 달치와 함께 걸음을 옮겼다.

그리고 그렇게 두 사람이 멀어지는 모습을 은밀히 살펴보던 한 명의 사내가 이내 옆에 있는 이의 어깨를 툭 쳤다.

그자가 시선을 돌리자 사내가 전음을 날렸다.

『여기서 계속 감시하고 있어. 난 두목에게 알리지..』

전음을 전해 들은 상대가 고개를 끄덕였다.

그러자 사내는 곧바로 나무 위에서 재빠르게 사라졌다. 그러고는 약 일각가량 떨어진 곳에 위치한 자신들의 대기 장소를 향해 뒤도 보지 않고 움직였다.

탁!

나무를 박차며 날아오른 그의 신형이 빠르게 목적지에 도달했고, 이내 마지막 도약과 함께 바닥에 착지했다.

그자는 울창한 나무로 인해 짙은 어둠에 휩싸인 공간을 향해 곧바로 무릎을 꿇었다.

"보고합니다. 두 놈이 방금 전에 움직였습니다."

"……그래?"

중얼거림과 함께 모습을 드러낸 상대.

그는 다름 아닌 외팔이 노인이었다.

두 명이 움직였다는 말에 노인의 눈동자가 빛나기 시작했다.

그 날 천마의 무덤 안에 있는 이들을 쫓아내려고 갔던 자신의 수하들이 당하고 나흘 동안 노인은 계속 그곳을 감시했다.

그리고 당시에 그곳에 갔던 이들을 통해 그들에 대한 더 많은 정보도 구해 놓은 상황이다.

당시 여덟 명의 수하들을 상대한 것은 두 명이었다.

그리고 그 둘 중 하나의 이름이 달치라는 걸 알게 됐다.

달치라는 이름을 알게 되자 그에 대해 아는 건 그리 어렵지 않았다.

북륜에서 그는 꽤나 유명인이었으니까.

다만 십 년이 넘는 시간 동안 행방불명되었던 그가 왜 지금 이곳에 있는 걸까? 그게 의문이긴 했지만 중요한 건 그게 아니었다.

달치라는 자가 북륜의 많은 이들을 벌벌 떨게 했을 정도로 상상 이상의 고수라는 것, 그게 문제였다. 그리고 마찬가지로 그 옆에서 함께 싸웠던 자도 대단한 실력자임이 분명했다.

당시 상황을 들어 봤을 때 둘은 나머지 한 명은 뒤로 빠지게 한 뒤 싸웠다고 한다.

그리고 그 둘에 비해 뒤편에 물러가 있던 그자는 무척이나 곱상하고, 약해 보인다는 이야기도 확인했다.

수하들이 판단하기에는 잘 쳐 줘 봤자 간신히 일류에 들어선 정도로 보인다는 의견들이었다.

그렇다면 그 안에는 초절정인 두 명과 일류 수준의 무인하나, 금명이 자리하고 있다고 계산하면 될 터다.

또한 계속해서 감시를 하다 얻게 된 가장 큰 정보.

그건 다름 아닌 수하들을 쓰러트린 그 둘이 하루에 한 번씩 어딘가로 나간다는 것이었다. 그리고 한번 외출을 하게되면 세 시진 가까이 자리를 비운다는 점도 확인했다.

며칠이나 반복적으로 그걸 확인하며 노인은 기회를 엿봤다.

둘이 사라진 그 세 시진.

그 정도의 시간이라면 노인이 계획했던 모든 일을 벌이는 데 일말의 부족함이 없었다.

그렇게 삼 일을 확인하고 마침내 나흘째.

오늘도 그들이 나간 걸 확인한 이상 노인은 더는 머뭇거리지 않았다.

그가 짧게 입을 열었다.

"구유혈랑대(九幽血狼隊) 전원 움직인다."

노인의 말과 함께 어둠 속에 몸을 감추고 있던 팔십여 명에 달하는 무인들이 나무들 사이에서 천천히 걸어 나오기 시작했다.

천림에서도 어느 정도 실력이 있는 무인들로 구성된 구유혈랑대.

노인은 이들만 있으면 그 누구에게도 지지 않을 자신이 있었다.

사실 마음 같아서는 자신의 수하들을 건드린 그 두 놈도 함께 마무리하고 싶었지만…….

초절정 수준의 무인 둘을 제거하려 든다면 자신들 또한 적잖은 피해를 감수해야 할 터.

굳이 그럴 이유를 찾을 수 없었기에 딴에는 냉정하게 그 둘이 자리를 비운 지금을 기다렸던 것이다.

노인은 자신의 뒤에 도열해 선 무인들을 바라보다 이내 자신감 가득한 얼굴로 고개를 돌렸다.

수십 년간 바라만 볼 수밖에 없었던 천마의 유물들. 그 모든 걸 오늘 가지고야 말 것이다.

노인이 걸음을 옮기며 말했다.

"가자, 천마의 무덤을 부수러."

*　　　*　　　*

환야와 달치가 떠난 동굴 안에서 비설은 가만히 시간을 보내고 있었다.

가부좌를 튼 채로 주변의 모든 것들을 몸 안으로 끌어들이며 길게 호흡을 가져가던 그녀의 눈동자가 갑자기 떠졌다.

비설은 이상하다는 듯 모든 감각을 끌어 올렸다.

그녀의 날카로운 감각들이 사방으로 퍼지기 시작했고, 그 끝에 걸린 건 분명히 살기였다.

거리가 제법 있었지만 그 숫자가 적지 않았기에 비설은 단번에 동굴 밖에서 뭔가 수상한 움직임이 벌어지고 있음을 알아차릴 수 있었다.

그녀가 이곳까지 들어오는 긴 동굴의 통로를 바라보며 금명에게 물었다.

"할아버지 바깥에서 이상한 기척이 느껴져요."

"······밖에서?"

되묻는 금명의 목소리에서는 당황스러움이 묻어 나왔다.

이곳에서 입구까지의 거리는 상당했기 때문이다. 그 먼 거리에서의 움직임을 감지했다는 말에 금명은 놀랐던 것이다.

그의 질문에 고개를 끄덕인 비설이 짧게 말을 이었다.

"저도 거리가 멀어서 자세히는 모르겠지만 대놓고 살기를 뿜어 대는 걸 보니까······ 싸움을 거는 것 같은데요?"

숨기지 않고 드러내는 적의를 비설이 알아차리지 못할 리가 없다.

비설은 주변을 가볍게 둘러보다 이내 자리에서 일어났다.

이곳이 무척이나 넓긴 했지만 그래도 깊은 동굴이었고, 상대의 숫자는 적잖이 있는 듯 보였다. 이곳에서 싸웠다가는 동굴이 무너질 위험도 있었기에 비설은 결단을 내렸다.

"할아버지, 아무래도 잠시 나갔다 와야 되겠는데요."

"차라리 안에 있는 게 낫지 않겠느냐. 동료들도 없는데 혼자서 나갔다가는……."

말을 하는 금명의 말투에서는 은근슬쩍 걱정이 묻어났다.

눈은 보이지 않지만 그 또한 무공을 익혔고, 소리에 특히나 자신이 있었다.

그저 말을 하는 것만으로도 비설에 대해 어느 정도 파악이 된다는 소리였다.

밀려오는 소리의 파동만으로도 마치 눈으로 본 것처럼 비설의 체구도 파악한 상황이었다.

거기다 평소 부드러운 성격까지 직접 겪었기에 금명은 비설이 그리 뛰어난 무인일 거라고는 생각지 않았다.

마치 지금 바깥으로 몰려온 저들과 마찬가지로.

그런 금명의 걱정에 비설이 답했다.

"여긴 싸우기엔 장소가 좀 좁아서요."

"싸울 생각인 게냐?"

"그쪽에서 걸면 피할 순 없잖아요? 여기 형님이 계시니까요."

혁련휘가 있는 이곳을 지키는 것.

그것이 비설이 해야 할 일이었다.

대답을 했음에도 불구하고 금명의 얼굴에 드리워진 그늘을 볼 수 있었기에 비설이 짧게 말했다.

"할아버지 지금 저 걱정하시는 거죠?"

"……."

그녀의 질문에 금명은 아무런 대답도 하지 않았다.

홀로 살아온 시간만큼이나 그런 솔직한 속내를 드러낼 성격이 아니게 된 탓이다.

하지만 굳이 듣지 않아도 비설은 금명의 마음을 알 수 있었다.

그랬기에 비설은 허리에 매고 있는 자미쌍검을 고쳐 잡으며 입을 열었다.

"며칠 전에 환야 아저씨가 괴한들이 쳐들어왔을 때 왜 저보고 할아버지 옆에 있으라고 한 줄 아세요?"

비설의 질문에 금명은 고개를 저었다.

그러자 비설이 말을 이었다.

"그 어떠한 위급한 상황에서도 제가 뭐든 해낼 거라 믿기 때문이죠."

자하도에 들어선 이후 계속해서 괴한들의 표적이 됐던 비설이다.

겉보기에 가장 약해 보였기 때문이다.

그렇지만 그들은 모두 비설에게 나가떨어졌다.

그리고 그건 지금도 다르지 않았다.

그녀가 입구 쪽을 바라보며 말했다.

"밖에 누가 왔든, 그 숫자가 얼마가 됐든 전 이곳에 단 한 명도 들어오지 못하게 할 겁니다. 여긴 형님이 계신 곳이니까요."

"……혼자서 가능하겠느냐?"

"그럼요."

고개를 끄덕이며 대답한 그녀가 이내 힘주어 말을 이었다.

"전 강하니까요."

흔들리지 않는 목소리에서는 자신의 실력에 대한 자신감이 느껴졌다. 그랬기에 금명은 지금 비설이 내뱉는 말이 결코 허언이 아니라는 걸 알 수 있었다.

말을 마친 비설은 어두운 입구 쪽을 향해 망설임 없이 걸음을 옮겼다.

이곳에 들어온 이후 단 하루도 밖으로 나간 적이 없었기에 오랜만에 바깥을 향해 움직이는 비설이었다.

그녀는 이곳으로 처음 들어올 때보다 훨씬 빠르게 바깥으로 달렸다.

경공까지 쓰며 움직인 그녀의 신형이 순식간에 목적지

인근까지 도달할 수 있었다. 입을 벌리고 있는 동굴의 입구를 발견하자 비설은 달리던 발을 멈추고 천천히 걷기 시작했다.

그렇게 걸어 나온 동굴의 바깥.

그리고 그곳에는 비설의 예상대로 많은 숫자의 무인들이 살기를 뿜어 대고 있었다.

이미 서쪽으로 지기 시작한 태양이 붉은 노을을 만들어 내고 있었다.

비설은 비쳐 오는 노을에 감싸인 채로 자신을 노려보고 있는 무인들을 마주했다.

대놓고 드러난 자들과 인근에 매복하고 있는 이들까지.

'……얼추 칠팔십 명은 되어 보이는데.'

대충 숫자를 파악하자 비설은 조용히 입술을 깨물었다.

그 숫자가 꽤나 많았기 때문이다. 더군다나 자신을 향해 쏟아지는 살기를 통해 알 수 있듯이 이들의 표적은 바로 자신이었다.

'아무래도 생각보다 긴 밤이 되겠네.'

환야와 달치가 떠난 지 고작 한 시진조차 되지 않았다.

평소대로라면 아마 두 시진 이상은 더 지나야 그들이 돌아올 터.

그 말은 곧 이 싸움에서 그들의 도움은 받을 수 없다는 소리다.

모두가 비설 홀로 감당해야 할 몫.

그때 노을을 등지며 외팔 노인이 걸어 나왔다. 지금 이곳에 나타난 팔십 명에 달하는 무인들을 이끄는 구유혈랑대의 수장.

그 노인의 이름은 바로 담우광(啖優廣)이었다.

멀리 떨어진 곳에 서 있던 담우광이 비설을 향해 입을 열었다.

"어쩌지? 도망치기엔 너무 늦은 것 같은데 젊은 친구."

말을 내뱉는 그의 입가엔 비웃음이 걸렸다.

그런 담우광을 향해 비설 또한 지지 않고 받아쳤다.

"그럴 리가요. 제가 맘먹고 도망치면 그쪽 분들로는 제 그림자도 잡지 못할걸요."

"뭐?"

비웃음을 흘리던 담우광이 꿈틀했을 때다.

비설은 곧바로 물었다.

"살의를 드러내는 걸 보아하니 적인 것 같긴 하지만 그래도 혹시나 해서 물어볼게요. 여긴 오신 이유가 뭐죠?"

싸움을 피할 수 있다면 피하는 게 좋다.

그랬기에 던진 질문, 그렇지만 그런 그녀를 향해 담우광은 살기를 거두지 않은 채로 말했다.

"천마가 남긴 모든 것을 가지기 위해."

"흠, 죄송하지만 먼저 들어가신 분이 계시거든요. 그다음 차례에……."

"안 됐지만 그래 줄 생각은 없다. 왜냐하면 난 들어가려고 하는 게 아니거든."

"들어가는 게 아니라면요?"

"난 이곳을 파괴할 생각이야. 아주 산산조각으로."

힘주어 말하는 담우광을 향해 비설이 억지로 웃으며 말했다.

"그럼 이건 어때요? 들어가신 저희 형님이 돌아오시면 그때 파괴하시는 거요. 그럼 굳이 싸울 필요도 없고 좋잖아요."

"멍청하긴 내가 왜 그 부탁을 들어줘야 하지? 아주 만약에라도 들어간 놈이 살아서 나온다면 그것만으로 나에겐 위험이 되는 상황이거늘."

돌아오는 그의 대답에 비설은 뒷머리를 긁적였다.

힘이 모든 것인 이곳 자하도에서 다른 누군가를 기다려줄 거라고는 애초부터 생각하지 않았다.

비설이 아쉽다는 듯 중얼거렸다.

"역시…… 안 되겠죠?"

애초에 이 정도 숫자의 무인들을 끌고 왔을 때부터 좋게 끝날 거라고는 생각하지 않았다.

그렇지만 대답을 듣고 나니 비설 또한 보다 확실하게 마음을 정할 수 있었다.

이들의 목적은 이곳 천마의 무덤을 무너트리는 것이다. 그렇게 된다면 이 안에 들어간 혁련휘가 어찌 되겠는가?

싸워야 할 이유가 확실해졌으니 망설일 이유는 없었다.

비설의 손이 허리춤에 걸려 있는 자미쌍검으로 향했다.

그런 그녀의 모습을 보며 담우광은 아직까지도 입가에 비웃음을 머금고 있었다.

구유혈랑대 무인 팔십여 명을 홀로 막아서겠다고 서 있는 가녀린 비설을 보고 있자니 기가 막혔으니까.

그 순간 비설이 말했다.

"지금 이 시간부터 제 뒤로 한 사람도 들어가지 못할 겁니다. 그러니 물러가시거나 아니면…… 죽을 각오를 하고 덤비시죠."

동굴의 입구를 막고 서 있던 그녀의 패기 넘치는 말에 담우광은 어처구니없다는 듯 명령을 내렸다.

"뭣들 하는 거야? 여기서 저 개소리를 언제까지 듣고 있어야 해? 빨리 안 치워?"

담우광의 명령에 구유혈랑대 무인 네 명이 동시에 비설을 향해 다가갔다.

그들은 손에 들린 무기를 비설에게 겨눈 채로 성큼성큼

걸음을 옮겼다.

그들의 몸 주변에서는 진득한 살기가 흘러내리고 있었다.

당장이라도 비설을 찢어 죽일 것처럼 다가가던 네 사람과의 거리가 가까워지는 그 찰나였다.

스릉.

소리와 함께 발검된 두 자루의 검이 각각 지(之) 자를 그렸다.

종이 한 장 정도의 간격. 하지만 비설은 그들이 간격 안으로 들어서는 그 찰나의 순간을 놓치지 않은 것이다.

그 일격은 눈으로 좇기엔 너무도 빨랐다.

네 명의 무인들의 가슴에서 피가 터져 나왔다.

그리고 다가오던 것과 마찬가지로 동시에 네 명의 사내들이 뒤로 나자빠졌다.

순식간에 네 명의 가슴을 벤 비설이 자미쌍검을 교차해 든 채로 정면을 응시했다.

비웃음만이 가득했던 담우광의 얼굴은 언제 그랬냐는 듯이 딱딱하게 굳어 있었다.

다른 이들은 어땠는지 모르겠지만 그는 분명히 알아차린 탓이다.

지금 비설의 공격이 얼마나 대단한 것이었는지를.

'……믿을 수가 없군. 찰나에 생겨난 그 간격을 읽고 움

직였다는 것인가?'

손가락 하나 꿈틀하기도 힘들게 생겨난 그 틈을 정확하게 파악한 비설의 공격은 그들에게 반응조차 하지 못하게 만들었다.

과연 그게 우연으로 만들어질 수 있는 것일까?

아니, 그럴 순 없다.

놀란 담우광을 바라보던 비설이 천천히 입을 열었다.

"말했죠. 제 뒤로 지나갈 생각이라면 죽을 각오를 하셔야 할 거라고요."

아무렇지 않게 던지는 비설의 그 한마디.

그렇지만 막상 그녀의 실력을 보게 된 담우광에겐 그리 가볍게 들리지 않았다.

담우광의 시선이 저절로 뒤편에 있는 이들에게로 향했다.

그런 담우광의 시선에 움찔하는 건 나흘 전 직접 저들과 만났다가 된통 당하고 온 수하들이었다.

그들은 직접 본 비설을 잘해 줘 봤자 일류 정도의 무인이라 판단했었다. 그런데 그 정도 수준의 무인이 구유혈랑대무인 네 명을 단 일 격에 베어 넘길 리가 있겠는가?

그가 물었다.

"네 이름이 무엇이냐?"

갑자기 자신의 이름을 물어 오는 상대의 모습에 비설은

의아했지만 곧 대답했다.

"비설입니다."

"……역시 들어 본 적 없는 이름이군."

담우광은 도무지 이해할 수가 없었다.

이런 뛰어난 실력자가 대체 왜 여태까지 이름조차 알려지지 않았던 걸까? 이곳 천림이 아닌 동서남북에 위치한 네 개의 륜에 소속된 자라 해도 이 정도라면 소문이 나야 옳다.

비설이 자하도 바깥에서 살아온 자라는 걸 모르는 담우광으로서는 의아할 수밖에 없는 상황이었다.

담우광은 복잡한 표정으로 입술을 잘근잘근 깨물었다. 둘이 자리를 비웠다기에 좀 쉽게 가나 했는데 생각보다 상대는 만만하지 않았다.

허나 이내 그는 마음을 바꿨다.

약할 거라 판단했던 비설이 이 정도였으니, 나머지 둘까지 함께였다면 자신들은 이기지 못했을지도 모른다.

그나마 이렇게 혼자 있을 때 기습한 것만 해도 천만 다행히 아닌가.

담우광은 자신의 등 뒤에 메고 있던 커다란 도에 손을 가져다 댔다. 그러고는 이내 그가 도를 뽑아 들었다.

쿠웅.

뽑아 든 도를 바닥에 내리꽂는 순간 커다란 소리가 주변으로 울렸다.

보통의 것보다 훨씬 커다란 도는 무게 또한 꽤나 나가 보였다.

들고 휘두르는 것도 쉬워 보이지 않을 크기의 도를 들어 올린 담우광이 손가락을 까닥였다.

그러자 죽은 동료들을 보며 굳어 있던 구유혈랑대의 무인들은 정신을 차리고 걸음을 옮기기 시작했다.

그리고 그런 그들의 선두엔 담우광이 서 있었다.

수평으로 들어 올린 그의 도 주변으로 바람이 휘몰아쳤다.

파르르르르!

도신의 주변으로 주변의 나뭇잎들이 빨려 들어온다. 동시에 그의 도에서 새하얀 도기가 솟구쳐 올랐다.

이곳은 자하도였기에 비설 또한 망설임 없이 화산파의 자하강기를 일으켰다.

자색 강기가 그녀의 자미쌍검을 집어삼켰다.

터져 나오는 무인들의 기세가 순식간에 동굴 주변으로 휘몰아쳤다.

선두에서 걸어가던 담우광이 점점 속도를 올렸다. 그렇게 둘 사이에 거리가 삼 장 정도로 좁혀지는 순간 담우광의 다리가 폭발적인 힘을 토해 냈다.

콰앙!

터질 듯한 소리와 함께 그의 도가 날아들었다.

너무도 커다래서 집채만 한 바위도 단번에 반으로 가를 것 같은 크기의 도가 떨어져 내렸다. 그런 공격에 비설의 신형도 빠르게 흔들렸다.

그녀의 검을 타고 자색의 강기가 쏟아져 나왔다.

촤아아악!

빠르게 달려들던 담우광과 그의 수하들을 비설의 자하강기가 휩쓸었다. 그 공격은 너무나 강력한 힘을 뿜어냈기에 보통의 무인들이 받아 내는 건 불가능에 가까웠다.

일부가 파도에 휩쓸린 모래성처럼 쓸려 나가고 있었지만 그 와중에 강기를 박살 내듯이 치고 들어오던 담우광의 몸이 지척까지 도달했다.

그의 도가 위에서 떨어져 내렸다.

쩌엉!

치켜든 비설의 검과 충돌하는 순간 주변으로 무형의 충격파가 촤악 하고 퍼져 나갔다. 동시에 그 충격으로 주변에 자리하고 있던 구유혈랑대 무인들마저 뒤로 밀려나고야 말았다.

쩌저적.

동굴의 입구 주변을 지키듯 서 있던 돌상들이 금이 가며 무너져 내렸고, 비설의 무릎은 거의 땅속까지 파고들어 있었다.

실로 어마 무시한 힘이었다.

좁혀진 거리, 그랬기에 비설이 빠르게 치고 들어갔다.

그녀의 다른 쪽 검이 담우광의 가슴 쪽으로 날아들었다.

그러자 담우광은 도를 쥔 손의 손등으로 날아드는 검의 옆면을 쳐 냈다.

정확한 순간을 포착한 움직임이었지만 그의 손에서도 피가 터져 나갔다.

검을 옆으로 흘린 담우광은 비설의 빈 가슴을 향해 그대로 발을 이용해 일격을 꽂아 넣었다.

그 순간 비설은 놀라운 움직임을 선보였다.

공격을 가하던 손이 튕겨져 나간 탓에 빈 가슴을 보호할 방법이 없었다. 그랬기에 비설은 오히려 떨어져 내리는 도와 힘 싸움을 하고 있는 손을 기점으로 춤을 추듯 회전한 것이다.

그 때문에 위에서 내리누르던 힘이 강해져 비설의 자미쌍검이 더 아래로 향하긴 했지만 상관없었다.

비설은 회전하며 발길질을 피하는 것과 동시에 그 내리눌러지는 힘을 이용해 자미쌍검을 비스듬히 자리 잡으며 맞닿은 상태에서 빠져나왔으니까.

춤을 추듯 뒤로 물러나던 비설의 자미쌍검이 순식간에 회전했다.

그런 비설의 움직임에 기회라 노리고 달려들던 구유혈랑대 무인들은 가까스로 물러서야만 했다.

그들 사이에 있던 땅이 비설의 검기로 인해 쩍 하고 갈라졌다.

허나 비설의 공격은 그게 다가 아니었다.

회전하던 몸이 보다 빠른 속도를 내기 시작하더니 이내 수십 개의 검기가 채찍처럼 주변을 휩쓸었다. 황급히 그 공격을 막기 위해 담우광이 날아드는 검기의 중앙으로 달려가 도를 치켜들었다.

도 앞에 커다란 막이 형성되며 쏟아지는 공격을 받아 낼 순 있었지만…….

콰콰쾅.

옆에서 터져 나가는 땅과 함께 허공으로 치솟는 부하들의 모습이 보여 왔다. 그리고 채 그 모습을 보며 화를 삭이기도 전에 비설의 몸이 수하들 사이로 치고 들어갔다.

그녀의 손에 들린 두 자루의 검이 각각 수십 개의 변화를 보이며 변화무쌍한 검로를 선보이기 시작했다.

슈슈슉.

검이 지나가는 자리에 새겨진 하얀 실과도 같은 잔영. 그리고 그 잔영은 곧이어 커다란 폭발로 변하며 주변을 휩쓸어 버렸다.

콰왕!

폭발과 함께 주변으로 흙먼지가 피어올랐다.

그렇게 피어오른 흙먼지 사이에서 비설은 바짝 몸을 낮춘 채로 검을 들고 있었다. 그녀의 주변 땅바닥에는 둥그런 원 모양을 한 커다란 충격파의 잔영이 새겨져 있었다.

그리고 그 공격에 휩쓸린 구유혈랑대 무인들은 적잖은 타격을 받았다.

몇몇은 아예 싸울 수 없는 전투 불능의 상태에 빠졌고, 또 일부는 크고 작은 부상을 입은 채 힘겹게 몸을 일으키고 있었다.

화가 난 담우광이 내력을 담아 도를 휘둘렀다.

부웅!

바람을 가르는 소리와 함께 날카로운 도기 하나가 비설을 노렸다.

때마침 달려들었던 구유혈랑대 무인들과 검을 섞고 있던 상황이었거늘, 그녀는 그 와중에서도 손바닥으로 바닥을 치며 몸을 허공으로 뛰어 올렸다.

낮게 날아든 도기가 아슬아슬하게 그녀의 머리카락과 어깨를 스치며 지나갔다.

순간적으로 피가 터져 나왔지만 비설은 허공에서 회전하던 그 상태로도 달려들었던 구유혈랑대 무인 하나의 허벅지를 그어 버렸다.

바닥에 가까스로 착지한 그녀를 향해 담우광이 날아올랐다.

그의 커다란 도가 순식간에 지척까지 다가왔다.

거의 바닥에 앉아 있다시피 착지했던 비설은 망설일 틈도 없이 옆으로 몸을 날렸다. 그의 도가 강하게 땅에 틀어박혔다.

쿠웅!

지진이라도 난 것처럼 주변의 땅이 떨려 왔고, 덩달아 도에서 터져 나온 도기가 옆으로 몸을 피했던 비설에게까지 밀려들었다.

그녀는 황급히 자미쌍검을 앞에 세워서 충격을 완화시키며 오히려 그 반동을 이용해 뒤편에 있던 구유혈랑대 무인두 명을 베어 넘겼다.

그렇게 순간적으로 거리를 벌린 비설은 자신의 어깨를 슬쩍 내려다봤다.

어깨에서 피가 터져 나왔고, 마지막 도기에 휩쓸리며 손목 부분의 옷이 찢겨져 나감과 동시에 드러난 팔뚝에도 잔부상들이 생겨 있었다.

피가 뚝뚝 떨어져 내리는 손.

그렇지만…… 그 대가로 구유혈랑대 팔십여 명 중에 무려 삼십여 명은 이미 싸울 수 없는 상태가 되어 있었다. 그리고 큰 부상을 입은 이들까지 포함한다면 이미 반수가 넘게 비설의 손에 쓸려 나갔다고 봐야 했다.

담우광은 화가 나다 못해 기가 막힐 지경이었다.

자신이 개입해서 싸우는 그 와중에 휘두른 공격만으로 벌써 반 정도가 당했다.

그 대가로 팔 한두 개라도 가져갔다면 모를까 고작 잔부상들 몇 개가 전부다.

하지만 지금 담우광은 화만 내고 있을 수가 없었다.

무기를 섞으며 알 수 있었다.

지금 당장에 봤을 때는 자신과 상대가 비등하게 싸우는 것처럼 보이고 있지만 그건 착각이다.

자신은 한 명과 싸우고 있지만, 상대는 이곳에 있는 모두를 염두에 두고 싸우는 탓에 엇비슷해 보이는 것뿐이다.

결국 수하들이 모두 무너지거나, 숫자가 일정 수준 이하로 줄어들어 상대가 자신에게 집중할 수 있게 된다면…… 그때는 완벽하게 둘 간의 차이가 드러나게 될 게다.

'망할.'

하지만 당장에 저 날뛰는 비설을 막을 방도가 담우광에

겐 없었다.

다시금 달려들려고 하던 담우광의 시선이 비설을 쫓았다.

그녀는 쓰러져서 제대로 싸우지 못하는 이들을 방패 삼아 싸움을 점점 유리하게 만들고 있었다.

공격이 날아오면 제대로 움직이지 못하는 그들 뒤쪽으로 움직여서 공격의 맥을 끊어 버린다. 그리곤 곧바로 자신이 유리한 지점으로 움직이며 치명적인 공격을 연달아 가해 온다.

백전노장을 연상케 하는 싸움 방법에 다시금 이를 악물었다.

가뜩이나 상대하기 쉽지 않은데 사지에 큰 부상을 입고 쓰러져 있는 놈들이 오히려 어중간하게 방해가 되고 있었다.

한 명의 도움이라도 더 필요한 지금이거늘 저들은 일말의 도움도 되지 않았다.

'어떻게 한다?'

저들은 방패막이로 사용하기도 쉽지 않다.

그런 지금 저들을 이용할 방법이라면…….

주변을 두리번거리던 담우광의 시선에 잡힌 것은 뒤쪽에 놓여 있는 어린아이 크기 정도로 보이는 수십 개의 보따리였다.

보따리 안에는 이곳을 무너트리기 위해 수년 전부터 준

비해 왔던 흑멸폭(黑滅爆)이라는 벽력탄이 들어 있었다.

이 커다란 천마의 무덤을 폭파시키기 위해서는 벽력탄의 힘이 필요했다.

그 일을 위해 준비한 물건이지만 당장엔 저것의 힘이라도 더해야만 하는 상황이었다.

담우광이 서둘러 명령을 내렸다.

"젠장, 거치적거리는 놈들은 거기서 쓸모없이 있지 말고 뒤로 가서 흑멸폭이라도 집어 던지라고!"

말을 마친 담우광은 다시금 도를 든 채로 비설에게 달려들었다.

그의 커다란 도가 연신 휘몰아쳤다.

쉐엑 쉑!

바람 가르는 소리와 함께 날아드는 도를 이리저리 몸을 비틀며 피해 내던 비설의 손바닥이 그의 도를 후려쳤다.

팡!

가느다란 손목에서 터져 나온 힘이 얼마나 강한지 담우광은 거칠게 밀려 나갔다.

잠시 담우광이 손을 섞는 그사이 직접 비설과 싸우기에는 애매할 정도의 부상을 입은 자들이 뒤편으로 가서 보자기를 풀어헤쳤다.

그러고는 이내 뒤편으로 물러난 열두어 명 정도 되는 이들은 손에 든 흑멸폭을 비설을 향해 내던지기 시작했다.

날아든 흑멸폭은 정확하게 비설을 노렸지만 그런 공격에 그녀가 당할 리가 없었다.

날아드는 흑멸폭을 비설은 이리저리 뛰며 피해 댔다.

폭탄의 일종인 흑멸폭이 폭발하며 주변의 땅들이 전쟁이라도 난 것처럼 터져 나갔지만, 막상 목표했던 비설은 너무도 멀쩡했다.

부상을 입은 그들이 던지는 흑멸폭으로 비설의 다리를 잡아 두기엔 역부족이었던 것이다.

허나 그때 허공을 날아든 하나의 흑멸폭은 생각지도 못한 결과를 만들어 냈다.

비설 쪽으로 힘겹게 흑멸폭을 던지던 구유혈랑대 무인들 중 하나의 손바닥에 있던 것이 방향을 잘못 잡아 버렸다.

어깨에 부상을 입은 상황에서 연달아 흑멸폭을 던진 탓이었다.

흑멸폭이 날아든 것은 비설과 조금 거리가 떨어진 동굴의 입구 쪽.

날아가는 그 흑멸폭을 보며 담우광은 속으로 욕설을 삼켰다.

'저 머저리 같은 새끼가 어디로…….'

하지만 그 순간 담우광이 생각지도 못한 일이 벌어졌다.

껑충껑충 흑멸폭을 피하면서 검을 휘둘러 대던 비설이 갑자기 그쪽으로 달려간 탓이다.

그녀가 가까스로 검을 휘둘러 동굴에 닿기 직전에 흑멸폭을 터트려 냈다.

다급히 내공을 불러일으킨 덕분에 큰 충격은 입지 않았지만 그래도 모든 힘을 흘려내는 건 불가능했다.

비설은 그대로 바닥으로 곤두박질쳤다가 곧바로 몸을 일으켜 세웠다.

흑멸폭의 힘을 다급히 받아 낸 탓에 팔뚝에 깊은 상처가 생겨나 버렸다.

뚝뚝.

자미쌍검을 타고 그녀의 피가 땅바닥까지 연신 떨어졌다.

그 모습을 멍하니 보고 있던 담우광의 머리에 번개처럼 뭔가가 떠올랐다.

'이거다!'

모든 흑멸폭을 피해 내던 비설이 갑자기 몸을 돌려 오히려 잘못된 방향으로 날아가는 그것을 향해 달려들었다.

그 이유가 뭔지 아는 건 그리 어렵지 않았다.

동굴, 바로 저곳을 지키려 하는 것이다.

생각해 보니 처음부터 상대는 이 동굴 안에 있는 누군가를 지키려 했다. 그리고 지금 보았던 것처럼 동굴 쪽으로 흑멸폭이 날아가자 스스로의 몸을 던지면서까지 막아 냈다.

담우광이 손가락을 들어 올려 입구 쪽을 가리키며 소리 쳤다.

"입구를 노렷!"

입구 쪽으로 흑멸폭을 던졌다는 사실에 당황하고 있던 이들이 담우광의 명령에 따라 급히 움직였다.

그들의 손에서 수십 개의 흑멸폭이 동시에 날아들었다.

당연히 피해야만 하는 상황.

담우광은 두 눈을 부릅뜬 채로 비설의 다음 움직임을 예 의 주시했다.

비설의 실력이라면 저 정도 공격을 피하는 건 그리 어렵 지 않았다.

하지만 그녀가 이곳을 지키지 않고 피해 버린다면 동굴 에는 적잖은 타격이 갈 것이다. 그리고 이런 충격을 몇 번 씩 받다 보면 결국 동굴 자체가 무너져 내릴 수도 있다.

날아드는 흑멸폭을 바라보는 비설의 표정은 복잡했다.

'내가 피하면 형님이…….'

동굴이 무너진다면 혁련휘 또한 생사를 장담할 수가 없 게 된다.

비설은 이를 악물었다.

그녀가 자미쌍검을 빠르게 바닥에 꽂고는 손가락에 내력

을 끌어 올렸다.

손가락에서 열 개의 지공이 뻗어져 나가 허공에서 날아
드는 흑멸폭을 꿰뚫었다.

동시에 몸 주변으로 호신강기를 불러일으키며 밀려드는
후폭풍에 대비했다.

허나 담우광이 수년 동안 준비해야 했을 정도로 어마어
마한 위력을 가진 것이 바로 흑멸폭이었다. 두어 개라면 모
를까 연달아 밀려드는 충격을 비설 또한 계속해서 막아 낼
순 없었다.

쾅쾅쾅!

지척에서 연달아 터지는 폭발 속에서도 비설은 흔들림
없이 모든 신경을 혁련휘가 있는 동굴을 지키는 데 집중시
켰다.

그런 그녀의 모습을 확인한 담우광은 더는 망설이지 않
았다.

"흑멸폭 쪽으로 인원을 더 투입해!"

명령이 떨어지자 선두에서 싸우고 있었던 구유혈랑대 무
인들이 다급히 뒤쪽에 있는 보자기로 달려가 흑멸폭을 꺼
내어 던지기 시작했다.

폭발이 연달아 일어났다.

펑펑펑!

연달아 지공을 쏘아 대며 최대한 멀리에서 터트리기 위해 노력했지만 사람 숫자가 훨씬 많아지면서 그것도 어려워지기 시작했다.

순간적으로 오십여 개가 넘는 벽력탄이 계속해서 날아든다.

그 모든 걸 지공으로 처리하는 건 불가능했다. 하물며 그렇다고 해서 아무런 피해 없이 막고 있는 것도 아니었다.

비설은 황급히 모든 내력을 호신강기에 집중시켰다.

'버텨야 해!'

그녀의 내력이 터져 나오며 커다란 막 같은 것이 동굴 앞부분을 감쌌다.

그녀의 몸이 연달아 밀려드는 충격으로 인해 심하게 떨려 왔다.

꽉 다문 입술 사이로 피가 연신 주르륵 흘러내렸다.

그럼에도 불구하고 비설은 버텨 냈다.

자신이 피하는 그 순간 혁련휘가 위험해진다는 사실을 잘 알았기에.

쏟아지는 흑멸폭을 버텨 내고 있는 비설을 바라보던 담우광이 이내 뒤쪽으로 직접 달려가 커다란 보자기 하나를 통째로 들어 올렸다.

그러고는 곧바로 자신의 커다란 도 끝에 줄을 매달고는

이내 보자기의 빈틈에 꽂아 넣더니 그것을 비설의 위쪽으로 휙 하고 집어 던졌다.

백여 개에 달하는 흑멸폭이 담긴 보자기가 비설의 위쪽 동굴 벽에 부딪혔을 때였다.

담우광은 도와 연결한 줄을 강하게 잡아당겼다.

피잇.

그러자 도가 뽑혀져 나왔고, 동시에 보자기 안에 있던 흑멸폭이 기다렸다는 듯이 비설의 위로 떨어져 내렸다.

호신강기를 이용해 억지로 버텨 내고 있던 비설은 머리 위로 드리워지는 그늘을 느끼고 황급히 고개를 치켜들었다.

그리고 그런 비설의 머리 위쪽으로 백여 개의 흑멸폭이 떨어져 내리고 있었다.

'……이런!'

비설은 이를 악물었다.

그리고…….

콰아앙!

천지가 진동하는 폭음과 함께 주변으로 한 치 앞을 분간하기 힘들 정도의 먼지가 피어올랐다.

그 충격이 얼마나 컸던지 땅의 떨림이 쉬이 멈추지 않았다.

담우광이 황급히 손을 들어 소리쳤다.

"잠시 정지!"

흑멸폭은 이곳 천마의 무덤을 박살 내기 위해 준비한 물건이다.

생각지도 못한 적수를 제거하기 위해 사용하긴 했지만 결국 담우광이 노리는 건 이곳에 있는 천마의 유물들을 얻는 것이다.

이 정도 흑멸폭을 한 번에 얻어맞았으면 설령 상대가 천마라고 할지라도 살아 있지 못할 거라는 확신이 있었다.

그랬기에 잠시나마 공격을 멈추라고 한 것인데…….

바람에 휩쓸려 사라지는 흙먼지 사이로 있어선 안 될 그림자가 보이고 있었다.

'설마……?'

밀려 나가는 흙먼지 사이로 서 있는 상대.

비설은 자미쌍검에 몸을 지탱한 채로 그곳에 버티고 서 있었다.

이마에서 터져 나온 피로 얼굴은 피범벅이었고, 손바닥을 비롯한 어깨와 목 언저리까지 상처투성이였지만 그럼에도 불구하고 그녀는 살아 있었다.

"하아, 하아."

거친 숨소리를 내뱉은 비설이 피에 젖은 눈동자로 담우광을 노려봤다.

큰 부상을 입었음에도 불구하고 전혀 투지를 잃지 않은

강렬한 눈동자.

그런 그녀를 바라보던 담우광은 자신도 모르게 소름이 돋고야 말았다.

"미친……."

수하들이 던졌던 수십 개의 흑멸폭과 함께 자신이 내던진 백 개가 동시에 터졌다. 산 하나를 날려 버릴 정도의 화력으로 충분했을 터인데 그것을 내공으로 막아 냈다.

물론 그 대가로 엄청난 부상을 입긴 했지만, 문제는 어찌됐든 버텨 냈다는 거다.

마른침을 꿀꺽 삼키는 담우광을 노려보던 비설의 시선은 그의 뒤편에 있는 보자기들로 향했다.

흑멸폭이 담겨져 있는 보자기들.

애초에 있었던 것이 스무 개 정도였고, 지금까지 쓰인 것이 다섯 개다.

그렇다면…….

'지금처럼 세 번. 세 번만 더 버티면 돼.'

그것이 가능한지 아닌지는 이미 비설에겐 중요하지 않았다. 그저 혁련휘를 지켜야 한다는 생각만이 뇌리에 가득했으니까.

섬뜩한 그 모습에 기세에서 눌린 담우광이 애써 옆에 있는 보자기 안으로 손을 집어넣고 더듬거렸다.

흑멸폭 두 개를 꺼내어 든 그가 이내 고개를 저었다.

이 정도론 안 된다.

저 지독한 자를 상대하려면 아까처럼 강력한 일격이 필요했다.

그랬기에 주머니 안에 흑멸폭을 집어넣은 그가 다시금 아까처럼 공격을 가하기 위해 주머니 사이에 자신의 도를 꽂아 넣었다.

그가 수하들을 향해 전음을 날렸다.

『집중적으로 쏘아 부어. 이번엔 반드시 죽여야 한다.』

담우광의 명령에 구유혈랑대 무인들 또한 양손에 가득 흑멸폭을 쥐어 들었다.

담우광이 먼저 신호탄을 쏘았다.

그의 손을 떠난 도가 다시금 동굴의 위쪽 벽으로 날아들어 가서 박혔다.

그리고 동시에 구유혈랑대 무인들 손을 떠난 흑멸폭이 비설을 향해 비처럼 쏟아져 내렸다.

외상과 내상을 잔뜩 입은 상태에서도 비설은 날아드는 그 모든 흑멸폭을 눈으로 확인했다.

'막는다.'

그녀의 몸 주변으로 내공이 다시금 요동쳤다.

그리고 그 순간 담우광이 다시금 벽에 꽂혔던 도와 연결

된 줄을 잡아당겼다.

우르릉!

산사태를 연상케 하는 백 개에 달하는 흑멸폭이 비설의 머리로 다시금 떨어져 내렸다.

그리고 때맞추어 날아든 구유혈랑대 무인들이 내던진 흑멸폭들까지도.

콰르르릉!

돌산 전체가 흔들리고, 천지가 뒤집힐 것만 같은 진동이 다시금 주변을 뒤덮었다.

또 다시금 밀려든 흙먼지는 아까보다 더욱 진하고, 길게 피어올라 있었다.

긴장한 탓에 땀으로 범벅이 된 손을 꽉 움켜쥔 채 담우광은 흙먼지 뒤편으로 시선을 고정시켰다.

'죽었어야 한다. 제발 죽었어라!'

담우광이 간절히 기도하듯 그 너머를 바라봤다.

그런데…….

있다.

사라져 가는 흙먼지 속에서 이번에도 굳건히 버티고 서 있는 그림자가 보인다.

헌데 문제는 그것이 전부가 아니었다.

흩어져 가는 흙먼지 속에 모습을 보인 건 비설만이 아니었다.

한 손으로는 그녀의 어깨를 감싸고, 다른 한 손은 허공에서 떨어져 내리는 모든 흑멸폭을 대신해서 받아 낸 사내가 그곳에 있었다.

사라진 먼지 속에서 새로이 모습을 드러낸 상대를 확인한 담우광의 안색이 새하얗게 변했다.

그 상대가 누구인지 너무도 잘 알았으니까.

"혁련휘?"

놀랍게도 담우광은 혁련휘를 알고 있었다.

아니, 어찌 저자를 잊을 수 있을까. 꿈에서 언제나 자신을 괴롭혀 왔던 존재인 그를.

담우광의 비어 버린 한쪽 팔, 그것을 가져간 것이 바로 혁련휘였다.

비설은 자신을 품에 안고 있는 상대를 가만히 올려다봤다.

순간적으로 피를 많이 흘린 탓에 시야가 흐릿하긴 했지만 그가 누구인지는 알 수 있었다.

어깨를 부둥켜안은 손에서 느껴지는 이 따뜻함은 오로지 혁련휘만을 생각나게 했으니까.

비설이 힘겹게 웃으며 입을 열었다.

"……형님."

혁련휘는 자신을 힘없이 부르는 비설을 내려다보며 이를 꽉 깨물었다.

화가 치솟는다.

혁련휘가 애써 화를 억누르며 말했다.

"나보고 다치지 말라더니……."

"죄송해요, 형님."

"죄송하긴. 그건 내가 할 말이지."

비설의 어깨를 움켜잡은 손을 천천히 푼 혁련휘가 그녀를 향해 다시금 말했다.

"늦어서 미안하다."

혁련휘의 말에 비설은 고개를 도리질 쳤다.

괜찮다.

이렇게 멀쩡히 돌아온 혁련휘를 보는 것만으로도 이미 온몸에 난 상처 따위 조금도 아프지 않았으니까.

"잠시 쉬고 있어. 곧 끝내고 올 테니."

말을 마친 혁련휘는 그녀를 둔 채로 성큼 앞으로 걸어 나갔다.

혁련휘의 등장에 놀라 멍하니 있는 담우광의 뒤편에서 긴장하고 있던 수하 한 명이 황급히 비설 쪽으로 흑멸폭을 집어 던졌다.

날아드는 흑멸폭.

그것을 바라보던 혁련휘가 손바닥을 들어 올렸다.

그 순간 놀라운 일이 벌어졌다.

날아들던 흑멸폭이 천천히 가루로 변하더니 애초에 그 곳에 존재하지 않았던 것처럼 순식간에 녹아내리기 시작한 것이다.

그리고 동시에 혁련휘의 반대편 손바닥이 움직였다.

비설을 향해 흑멸폭을 집어 던진 사내의 목을 한 줄기의 날카로운 기운이 꿰뚫고 지나갔다.

방비를 할 틈도 없이 무너져 내리는 동료를 보고 당황한 그들을 향해 혁련휘가 경고했다.

"건드리지 마. 내 여자니까."

흑멸폭을 쥐고 있던 다른 이들은 혁련휘의 그 한마디에 딱딱하게 굳어 버렸다. 그에게서 생전 경험해 보지 못한 압도적인 살기가 쏟아져 나오고 있었기 때문이다.

살기만으로 모두의 손발을 얼어붙게 만든 혁련휘의 눈동자가 천천히 한 곳으로 향했다.

이 모든 일의 원흉인 담우광에게.

담우광이 혁련휘를 알아봤던 것처럼 그 또한 상대를 알아본 상황이었다.

담우광을 확인한 혁련휘의 시선은 곧 뒤편에 있는 비설에게로 향했다.

날아드는 흑멸폭을 비설이 왜 저런 식으로 막고 있었는지 혁련휘가 모를 리가 없었다. 그녀의 실력에 저 정도 무인들이 던지는 벽력탄 정도 피하는 건 그리 어렵지 않았을 것이다.

그럼에도 불구하고 오히려 몸으로 날아드는 모든 흑멸폭을 막고 있었던 건…… 자신 때문일 게다.

자신이 있는 이 동굴을 지키기 위해 비설은 그 모든 고통을 스스로의 몸으로 견뎌 냈다.

저 자그마한 몸으로 그 모든 고통을 이겨 내면서…….

피투성이가 된 채로 주저앉아 있는 그녀를 보고 있노라니 다시금 속에서 참을 수 없는 분노가 치밀어 올랐다.

혁련휘가 천천히 입을 열었다.

"십 년 전에 내게 싸움을 건 대가는 왼팔 하나로 끝났었지만……."

싸움을 걸어온 그의 왼팔을 가져갔던 그때.

하지만 다친 비설을 보며 느끼는 분노는 그때와는 비교조차 되지 않았다.

그리고 그 깊어진 분노만큼이나 대가 또한 다를 것이다.

혁련휘가 분노로 붉게 물든 눈동자를 담우광에게 돌리며 싸늘하게 말했다.

"……이번엔 네놈 목을 가져가지."

8장. 연쇄
— 상관없어

살기를 뿜어 대는 혁련휘와 마주한 담우광은 움찔하며 자신의 비어 버린 왼팔을 힐끔 쳐다볼 수밖에 없었다.

십 년도 더 전에 혁련휘에게 잘려져 나간 왼쪽 팔의 고통스러웠던 감각이 그와 마주한 지금 거짓말처럼 다시금 밀려들어 왔다.

운 좋게 목숨은 건졌던 담우광은 몸을 회복하기 무섭게 수하들을 이끌고 혁련휘를 찾으려 했다.

잘려진 팔의 복수를 하기 위해서였다.

그렇지만 이미 그때의 혁련휘는 이곳 천마의 무덤에서 사라진 후였고, 그 이후론 다시는 혁련휘의 존재를 자하도 내부에서 찾을 수 없었다.

당연히 죽었으리라 생각했다.

혁련휘의 괴물 같은 실력을 보긴 했지만 결국 그는 혼자였고, 자하도의 천림에서 사는 자라면 언제 죽어도 이상할게 없었으니까.

그랬기에 애써 머리에서 지웠던 당사자인 혁련휘였거늘, 그런 그가 지금 자신의 눈앞에 나타났다.

다시금 자신의 앞길을 가로막은 채로.

담우광이 애써 놀란 마음을 추스르며 물었다.

"천마의 무덤 안에 들어갔다던 놈이 네놈이었더냐."

"그건 알 것 없고, 경고 하나 하지."

"경고?"

"도망쳐."

도망치라는 말 한마디를 던진 혁련휘가 파멸혼을 꺼내어 들며 말을 이었다.

"단, 도망칠 수 있다면 말이야."

"미친……!"

혁련휘의 도발에 담우광의 얼굴이 붉게 물들었다.

오랫동안 잊고 지냈던 혁련휘에 대한 살의가 다시금 고개를 치켜든다.

혁련휘에게서 뿜어져 나오는 살기가 쉽사리 움직이지 못

할 정도로 조여 왔기에 담우광은 크게 소리를 치며 수하들을 독려했다.

"정신들 차려! 상대는 고작 한 명이다!"

방금 전까지만 해도 목표는 천마의 무덤이었다.

그렇지만 이제는 아니다. 천마의 무덤에 있다는 그 모든 걸 포기하고서라도 눈앞에 있는 혁련휘의 목숨부터 취한다.

천마의 무덤으로 들어갈 준비는 몇 년이 걸린다 해도 다시 하면 그만이다.

오래된 원한을 푸는 것과, 지금 당장 멀쩡히 돌아가는 게 우선이었으니까.

"흑멸폭 대기하고, 사지 멀쩡한 놈들은 전열을 정비해!"

담우광의 명령에 긴장하고 서 있던 구유혈랑대 무인들은 황급히 정신을 차렸다.

상대의 살기에 짓눌리고 있었지만 그렇다고 해서 가만히 있는다고 해결될 상황이 아님을 너무나 잘 알기 때문이다.

자하도에서 살아온 이들에게 패배란 곧 죽음과 다름없었으니까.

살기 위해서는 한 명이라도 더 멀쩡한 지금 뭔가를 해야 한다는 사실을 그들도 알고 있었다.

이미 비설에게 반수 이상이 당한 상황.

그런 상황에서 그들은 서둘러 전열을 정비했고, 이내 담우광은 뒤편에 흑멸폭을 쥐고 있는 수하들을 향해 비밀스럽게 전음을 날렸다.

『아끼지 말고 퍼부어. 천마의 무덤이 어떻게 되든 그런 건 전혀 신경 쓰지 마라. 지금 최우선으로 염두에 두어야 할 건 우리의 목숨이다.』

명령을 끝낸 담우광은 아직까지도 줄이 걸려 있는 자신의 도를 천천히 끌었다.

촤르르륵.

바닥에 널브러져 있던 커다란 도가 음산한 소리와 함께 뒤따라 움직였다.

그가 혁련휘와의 거리를 좁히며 말했다.

"오래전부터 널 찾아다녔다. 네놈이 가져간 내 왼팔의 복수를 해 주고 싶어서 말이야."

"그때 왼팔만으로 끝난 걸 감사해하며 조용히 살지 그랬어. 그랬다면 오늘 신체의 다른 부분도 잃게 되지는 않았을 텐데."

"지랄. 오늘 뒈지는 건 내가 아니라 네놈이 될 게다."

"아직 노망들 나이는 아닌 것 같은데 십 년 전에 머리에도 충격을 받았나."

혁련휘가 내던지는 말에 과거의 기억이 떠오르는지 담우

광의 표정은 점점 흉악스럽게 변했다.

그 날 이후 얼마나 이를 갈면서 무공 훈련에 매진했던가.

다시는 그런 치욕을 느끼지 않기 위해 담우광은 더더욱 무공을 익혔다.

담우광이 쥐고 있는 줄에 힘을 주며 소리쳤다.

"죽인다!"

파앙!

강하게 잡아당기는 순간 줄에 묶인 커다란 도가 바닥에서 튕겨지듯 솟구치며 혁련휘에게 날아들었다.

번쩍! 콰앙!

그의 도가 바닥을 반쪽으로 갈라 버리는 그때 혁련휘의 몸은 이미 위쪽으로 날아올라 있었다.

"여전히 늦어."

그 짧은 말과 함께 허공에 있던 혁련휘의 몸이 사라졌다.

아니, 이미 뒤쪽으로 떨어져 내려 있었다.

그 움직임을 눈치챈 담우광이 빠르게 줄을 바짝 잡아당겨 자신 쪽으로 오게 만들며 몸을 회전했다.

파라라락!

커다란 도가 휘둘리며 주변의 모든 것들이 베어져 나갔다.

동시에 줄을 타고 휘둘리던 도가 담우광의 손바닥 안으

로 빨려 들어왔다.

파앗.

도를 잡아냄과 동시에 허리를 굽히며 공격을 피해 낸 혁련휘를 향해 그가 빠르게 내려쳤다.

쏴아아아!

바람이 갈라졌다.

그리고 이어지는 후폭풍이 도가 떨어져 내린 기점을 중심으로 하여 양쪽으로 터져 나갔다.

쿠카카캉!

바위와 땅이 모두 갈라지며 양옆으로 밀려 나갈 정도의 파괴력.

그렇지만 혁련휘는 가볍게 껑충 뛰어올라 담우광의 도 위에 올라서 있었다. 그가 도 위에 선 채로 상대를 향해 말했다.

"이렇게 굼떠서 내 옷깃이나 벨 수 있겠어?"

"이, 이놈이!"

말과 함께 성이 난 담우광은 도를 흔들었다.

그러자 도 위에 서 있던 혁련휘의 몸이 허공으로 날아올랐다.

순간 그의 발이 허공을 날고 있는 혁련휘에게 밀려들었다.

타앗!

혁련휘의 손바닥이 움직였다.

날아드는 팔을 향해 정확하게 그의 손바닥이 맞닿았고, 순간적으로 담우광은 전신의 뼈가 으깨지는 충격에 주춤하면서 바닥에 주저앉고야 말았다.

"으윽!"

발을 타고 밀려들어 온 기운이 전신에 퍼져 머리털까지 곤두서게 만든다.

그의 균형이 무너진 사이, 수하들이 다급히 돕기 위해 움직였다.

"타압!"

뒤편에서 네 명의 무인들이 약속이라도 한 듯이 치고 들어왔다.

그렇지만 혁련휘는 뒤도 돌아보지 않은 채 파멸혼을 움직였다.

좌르륵.

소리와 함께 휘둘러진 파멸혼의 끝에서 불꽃이 넘실거리고 있었다.

커다란 불꽃이 용의 형상이 되어 주변으로 다가오던 이들의 상체를 집어삼켰다.

가까스로 간격에서 벗어날 수 있었던 이들은 화마에 휩

싸여 발버둥을 치며 새카맣게 변해 가는 동료들을 보고는 기겁한 듯 뒷걸음질 쳤다.

그런데 문제는 그것이 전부가 아니었다.

휘둘러진 불꽃, 그리고 그 너머에서 다시금 움직이고 있는 혁련휘의 모습이 그들의 눈에 들어왔다.

재차 휘둘러진 파멸혼이 불꽃 위에 다시금 뭔가를 수놓았다.

스윽.

불꽃이 일렁거렸다.

그리고 그 순간 가까스로 불꽃에 당하지 않았던 이들의 몸이 무너지듯 혁련휘 쪽으로 빨려 들어오기 시작했다.

마치 무언가의 힘에 강력하게 당겨지는 듯한 느낌이었다.

놀란 그들은 버티기 위해 바닥에 황급히 검을 꽂아 넣거나, 공력을 끌어 올려 천근추를 사용했다.

그럼에도 불구하고 거짓말처럼 끌려들어 가기 시작한 몸은 멈출 줄을 몰랐다.

그리고 이내 결국 혁련휘의 파멸혼이 지나갔던 자리의 인근까지 빨려 들어오는 그 순간, 그들의 몸이 기괴하게 비틀리기 시작했다.

으드득.

빨려 들어왔던 것보다 더욱 빠른 속도로 그들이 사방으로 튕겨져 나갔다.

바닥에 널브러진 그들은 미동조차 하지 못했다.

그들이 어떠한 상태인지는 굳이 확인하지 않아도 알 수 있었다.

즉사.

순식간에 스무 명에 달하는 수하들이 불에 타서 죽거나 정체를 알 수 없는 힘에 당겨졌다가 몸이 뒤틀리며 숨을 거뒀다.

담우광이 당황스러운 목소리로 소리쳤다.

"이놈! 이건 또 무슨 사술이더냐!"

십 년 전 혁련휘에게 당했을 때도 그는 무척이나 특이한 무공을 사용했다.

화공뿐만이 아니라 번개를 뿜어 대기도 했고, 주변에 있는 물들을 움직이거나 바람으로 몸을 보호하기도 했다.

그런데 지금 본 건 그것들과는 또 달랐다.

수하들이 뭔가를 해 보지도 못하고 빨려 들었고, 그대로 죽어 버렸다.

대체 이 무공은 또 무엇이란 말인가?

악에 받친 듯 소리치는 담우광을 향해 혁련휘가 천천히 말했다.

"네가 저 안에서 그토록 얻고자 했던 것이지."

"……뭐?"

"천마의 마지막 무공, 그것의 일부다."

혁련휘의 말에 담우광의 눈동자가 심하게 떨려 왔다.

지금 혁련휘는 저 안에서 새로이 가지게 된 진아수라가 지닌 힘의 일부만을 사용했을 뿐이다. 그럼에도 불구하고 단 일격만으로도 건재했던 수하들 대부분이 죽어 버렸다.

압도적인 힘, 그렇지만 이 또한 혁련휘는 힘을 조절하고 있는 상황이었다.

담우광은 도저히 이해할 수가 없었다.

당하는 걸 직접 눈으로 보았지만 어째서 저런 상태가 되었는지 이해가 가지 않았다.

혁련휘의 공격이 끝난 이후 얼마의 시간이 지나고 무너져 내린 수하들.

대체 어떠한 무공이기에 이런 말도 안 되는 상황이 가능하단 말인가.

더군다나 그것을 피해 내지도 못하고 무너지는 수하들의 모습에서 담우광은 막막함을 느꼈다.

'……망할.'

남은 건 몇몇의 멀쩡한 수하들과, 거동이 힘들어 흑멸폭 쪽에서 대기한 채 그걸 던지기 위해 준비 중인 열댓 명 정도가 전부다.

정체불명의 힘을 사용하고 있는 혁련휘를 과연 이들만으로 이길 수 있을까?

허나 지금 담우광으로서 내릴 수 있는 결단은 하나뿐이었다.

'흑멸폭뿐이다.'

벽력탄의 일종인 흑멸폭이 기회를 만들어 주지 않는다면 이길 확률은 보이지 않았다. 그랬기에 그는 수하들을 향해 전음을 날렸다.

『흑멸폭을 되는대로 모두 쏟아 내. 그사이에 건재한 너희들과 내가 놈의 목을 친다.』

그렇지만 비설도 어렵지 않게 피해 내던 흑멸폭이다.

그냥 단순하게 해서는 먹히지 않을 것은 자명한 노릇. 그랬기에 담우광의 시선이 천천히 어딘가로 향했다.

동굴의 입구 쪽에 기대어 앉아 있는 비설.

비설에게 했던 것과 마찬가지의 작전을 떠올린 것이다.

『목표는 방금 전까지 우리를 괴롭히던 저놈이다.』

장담할 순 없지만 비설이 혁련휘를 지켜 내기 위해 목숨을 걸고 버텨 냈던 걸 보면 반대 상황이라 해도 먹힐 수도 있다 판단한 것이다.

어차피 정면 대결이 안 되는 지금, 도박을 해 보는 것밖에 방도가 없었다.

담우광이 앞으로 성큼 걸어갔다.

그의 손에 들린 도가 비스듬히 세워졌다.

그렇게 한눈에 혁련휘의 시선을 잡아끈 담우광이 소리쳤다.

"던져!"

뒤편에 있는 주머니 속에 손을 집어넣고 있던 수하들은 담우광의 명령에 기다렸다는 듯이 흑멸폭을 집어서 던졌다.

그리고 그가 시켰던 대로 목표는 입구에 기댄 채로 힘겹게 눈을 뜨고 있는 비설이었다.

허공을 수놓으며 순식간에 오십여 개에 달하는 흑멸폭이 날아들었다.

자리에 앉은 채로 거친 숨을 몰아쉬던 비설의 손가락이 꿈틀했다.

그녀의 자미쌍검이 움직이려고 할 때였다.

혁련휘의 입이 열렸다.

"……분명 건드리지 말라고 경고했을 텐데."

그 말과 함께 혁련휘가 손바닥을 휘둘렀다.

파앙!

허공이 찢겨져 나가는 듯한 소리와 함께 무형의 힘이 퍼져 나갔다.

우우우웅.

그리고 그 힘은 날아드는 흑멸폭 주변으로 뻗어져 나갔다. 그 순간 다시금 알 수 없는 일들이 벌어지기 시작했다.

방금 전 담우광의 수하들이 뭔가에 휩쓸려 들어갔던 것처럼 각각의 방향에서 날아들던 흑멸폭 또한 마찬가지로 뭔가에 이끌리듯 빨려 들어가기 시작한 것이다.

그리고 이윽고 흑멸폭은 폭발도 하지 못한 채 가루가 되어 모래처럼 흘러내렸다.

푸스스슥.

하늘에서 먼지가 비처럼 떨어져 내렸다.

너무도 놀란 담우광과 그의 수하들이 멍하니 하늘을 올려다봤다.

대체 어떻게 된 걸까?

다급히 담우광이 소리쳤다.

"멍청이들아! 뭣들 하는 거야! 다시 던져!"

그의 외침에 정신을 차린 수하들이 다시금 흑멸폭을 집어 던졌다.

그렇지만 그들이 던진 흑멸폭은 방금과 똑같이 가루가 되어 떨어져 내릴 뿐이었다.

날아드는 흑멸폭을 막아 내려는 듯 바닥에 주저앉은 상

태에서도 자미쌍검을 꽉 움켜쥐고 있던 비설조차 눈앞에서 떨어져 내리는 가루들을 놀란 눈으로 바라보고 있었다.

"이익!"

억울하다는 듯 소리를 내지르던 담우광.

그렇지만 그는 더는 그쪽으로 시선을 주고 있을 수 없었다.

어느새 혁련휘가 지척까지 다가와 파멸혼을 휘두르고 있었으니까.

쩌엉!

다급히 도를 들어 올리며 공격을 받아 냈지만 힘을 버텨 내지 못했는지 담우광의 몸이 뒤로 튕겨져 나갔다.

그리고 그의 몸은 뒤쪽에서 흑멸폭을 집어 던지고 있던 이들과 뒤엉켰다.

"이 새끼가!"

자리를 박차고 일어난 담우광.

그런데 그 순간 혁련휘의 손바닥에서 불꽃이 피어올랐다.

그 모습을 본 담우광의 얼굴이 새하얗게 질렸다.

이유는 간단했다.

지금 자신과 수하들 주변으로 수백 개에 달하는 흑멸폭이 어지럽게 널브러져 있었다. 그런 지금 저 불꽃이 이곳을 덮친다면……?

벽력탄을 만드는 방법은 각양각색이지만 결국 그 주재료는 폭약의 일종이다.

불이 붙게 되면 터지는 게 당연했다.

담우광이 황급히 소리쳤다.

"여, 여기다가 불을 지폈다가는 너뿐만이 아니라 저 동굴 입구에 있는 놈도 무사하지는 못할 거다!"

수백 개에 달하는 흑멸폭이 이곳에서 연쇄적으로 폭발한다면 그 파괴력은 산 하나를 무너트리기 충분하다.

당연히 지척에 있는 혁련휘나, 부상을 입은 채로 앉아 있는 비설에게도 그 타격이 갈 거라며 협박하고 있는 것이었다.

그런 담우광의 말을 조용히 듣고 있던 혁련휘가 천천히 손바닥을 내려트렸다.

그 모습을 본 담우광이 놀란 가슴을 애써 쓸어내리며 속으로 중얼거렸다.

'머, 먹힌 건가?'

다행이라는 생각이 막 머리를 가득 채우는 그 순간, 혁련휘의 손바닥에 있던 불꽃이 손가락으로 옮겨붙었다.

그리고 혁련휘가 천천히 입을 열었다.

"……상관없어."

그 말과 함께 혁련휘의 손가락에 모였던 불꽃이 순식간에 하늘로 치솟아 올랐다. 그러고는 채 막아 낼 수도 없을 정도로 빠르게 열 개로 나뉘어져 바닥으로 떨어져 내렸다.

불꽃이 흑멸폭이 가득 있는 곳을 뒤덮었다.

불꽃이 바닥에 있는 흑멸폭에 닿는 그 순간, 세상의 모든 것들이 터지는 듯이 연달아 폭발이 일어나기 시작했다.

펑펑펑!

커다란 폭발은 인근에 있는 모든 것들을 휩쓸었다.

그리고 그 안에는 담우광이나, 그의 수하인 구유혈랑대 무인들도 당연히 포함됐다.

담우광의 몸이 순식간에 화마에 집어삼켜지며 타오르기 시작했다.

"으아아아!"

뜨거운 불꽃, 그리고 연달아 터지기 시작한 폭발이 그의 몸을 산산조각 내 버렸다.

연이어 터져 오른 폭발이 주변을 엉망으로 만들어 버리고, 세상은 자욱한 흙먼지에 뒤덮였다.

그리고 이내 그 피어오른 흙먼지가 빠르게 밀려 나가기 시작했다.

쏴아아아.

폭발은 사방을 가리지 않고 터져 나갔고, 당연히 범위 안에 자리하고 있던 혁련휘나 동굴 입구에 있는 비설에게도 뻗어 나갔다.

그렇지만…….

그 모든 폭발들이 끝난 그곳에는 너무도 멀쩡히 서 있는 혁련휘가 있었다.

그는 손을 내뻗고 있었고, 그런 혁련휘가 서 있는 곳에서부터 시작하여 뒤편에는 아주 조금의 충격도 있지 않았다.

비설이 멀쩡한 것은 당연했고, 그 외의 나무나 돌로 된 석상들마저도 아무런 피해를 입지 않았다.

정면으로 손을 쭉 뻗고 있던 혁련휘가 천천히 팔을 내렸다.

그의 시선이 향하는 정면은 커다란 폭발에 휩싸여 온통 파괴되어 있었다.

마치 전혀 다른 세상에 있는 것처럼 멀쩡한 뒤쪽을 향해 혁련휘가 천천히 몸을 돌렸다.

그러고는 곧바로 동굴의 입구 쪽으로 움직였다.

그곳에 있는 비설을 만나기 위해서.

비설은 자신을 향해 빠르게 다가오는 혁련휘를 바라보며 슬며시 미소를 지었다.

바로 코앞까지 다가온 혁련휘가 몸을 굽혀 비설과 눈을 맞춘 채로 물었다.

"괜찮아?"

"그럼요. 여기저기가 좀 쑤시긴 한데 겨우 이 정도로 저 안 죽습니다, 형님."

픽 웃으며 말하는 비설을 보며 혁련휘가 힘겹게 고개를 끄덕였다. 그녀가 말한 대로 죽을 정도의 치명상은 아니다.

마교에 있을 때는 이보다 훨씬 큰 부상을 입고도 자신을 위해 몇 날 며칠을 달려왔던 적도 있는 그녀라는 건 알지만…… 그럼에도 불구하고 이토록 다쳐 있는 비설을 보고 있는 혁련휘는 마음이 아파 왔다.

슬픈 눈빛을 하고 있는 혁련휘를 본 비설이 천천히 손을 뻗었다.

피투성이가 된 손이 혁련휘의 얼굴에 닿았다.

멈칫했던 혁련휘는 곧 자신의 얼굴에 닿은 그녀의 손을 조심스레 감싸 안았다.

혁련휘의 뺨을 어루만지던 비설이 웃는 얼굴로 물었다.

"천마의 마지막 무공…… 얻으신 거죠?"

피투성이인 그녀를 바라보며 혁련휘가 힘겹게 고개를 끄덕이며 대답했다.

"……응, 얻었어."

"하아, 다행이다."

대답을 들은 비설은 길게 안도의 숨을 내쉬며 여전히 미소를 지었다.

그녀가 혁련휘의 얼굴을 어루만지던 손을 천천히 내려 그의 목을 감쌌다.

그러고는 혁련휘를 자신 쪽으로 잡아당겨 그의 품으로 자신의 얼굴을 들이밀었다.

혁련휘의 가슴팍에 얼굴을 파묻은 채로 비설이 양팔을 뻗어 그를 꽉 끌어안았다.

그렇게 혁련휘의 품에 안긴 채로 비설이 나지막이 속삭였다.

"……고생하셨어요, 형님."

피투성이가 되면서까지 자신이 있는 동굴을 지켜 내던 비설의 그 한마디에 혁련휘는 그녀를 와락 끌어안았다.

그런 혁련휘의 품에 안긴 채로 비설이 기분 좋은 듯이 중얼거렸다.

"아, 따뜻하다."

*   *   *

혹시 흑풍이 돌아왔나 확인하기 위해 나갔던 환야와 달치가 돌아온 것은 모든 사건이 마무리되고 한 시진이 훨씬 더 지난 이후였다.

인근에 도착했던 환야는 완전히 엉망이 되어 버린 주변 광경에 일차적으로 놀랐고, 이내 다급히 들어온 동굴 내부에서 혁련휘가 자리하고 있는 사실에 다시금 놀랄 수밖에 없었다.

하지만 혁련휘를 보고 반가워할 틈도 없이 그런 그의 앞에 자리하고 있는 비설을 발견한 환야의 표정이 굳어졌다.

벽에 기댄 채로 자리하고 있는 비설은 상처 치료는 끝나 있었지만 겉보기에도 적잖은 부상을 입은 상황이었다.

환야가 표정을 구기는 사이 달치가 황급히 다가왔다.

"비설 많이 다쳤다. 비설 아프다."

"그럭저럭 살 만해요, 아저씨."

울상을 지어 보이며 걱정스레 말하는 달치를 보며 비설이 픽 웃음을 흘렸다.

그런 그녀에게 다가온 환야가 혁련휘를 향해 먼저 인사를 건넸다.

그러고는 이내 물었다.

"이게 대체 무슨 일입니까?"

"너희가 나가 있는 사이에 자하도 놈들의 기습이 있었어."

"기습이요?"

"그래. 나도 나오기 전이라 비설 혼자서 이곳을 막다가

부상을 입게 된 거고."

"……그렇군요."

대답을 끝낸 환야가 안쓰러운 표정으로 비설을 바라봤다.

계획된 바는 아니지만 툭하면 그녀에게만 무거운 짐을 짊어지게 만들어 버리는 탓에 미안한 마음이 든 것이다.

환야가 조심스레 물었다.

"괜찮아?"

"좀 다치긴 했지만 그래도 견딜 만은 해요. 형님이 비싼 금창약도 잔뜩 주셨고요."

들끓는 속은 운기조식으로 어느 정도 잡았고, 외상 또한 금창약을 발라 둔 상태. 몇 군데 크게 다치긴 했지만 조금만 쉬면 거동을 하는 데 크게 불편함은 없을 것이다.

괜찮다고 말하고는 있었지만 비설의 상처가 영 신경 쓰이는지 환야가 눈을 떼지 못할 때였다.

비설이 진짜 괜찮다는 듯 손사래를 치며 말을 이었다.

"정말 걱정 안 하셔도 돼요. 다치긴 했지만 그래도 그 덕분에 형님이 무사히 나올 수 있었으니까 전 그거면 충분하거든요."

말을 하는 비설의 시선이 혁련휘에게로 향했다.

아마 자신이 막아 내지 못했다면 동굴 자체가 무너지며

혁련휘에게 문제가 생겼을지도 모른다. 그를 구해 냈는데 이 정도 부상이야 전혀 신경 쓸 거리도 아니었다.

혁련휘를 위해서라면 다쳐도 상관없다고 당당하게 말하는 비설을 보며 환야는 못 이기겠다는 듯 고개를 절레절레 저었다.

그런 환야를 향해 혁련휘가 말을 걸어왔다.

"흑풍은?"

"아직 돌아오지 않았더군요."

"그래? 슬슬 여기서의 일을 다 매듭지어서 떠나야 할 거 같은데."

천마의 무공인 진아수라를 얻은 이상 더는 이곳 자하도에 남아 있어야 할 이유는 없었다. 다만 흑풍에게 부의민에게서 연락이 있으면 이곳 자하도의 출구 쪽에서 보자고 한 것이 문제였다.

환야가 걱정스레 물었다.

"어쩌죠? 하염없이 기다릴 순 없잖습니까."

"그런 걱정은 안 해도 돼. 흑풍에게 일정 기간이 지나서도 연락이 없으면 그냥 돌아오라고 했었거든. 아마 길어도 삼사일 후면 돌아올 거야."

"계속 기다리면 어쩌나 걱정했는데 천만다행이군요."

혁련휘의 말에 환야는 안도의 한숨을 내쉬었다.

이곳 자하도에 들어온 것 자체가 신도율이 빼앗은 마교를 수복하기 위함이다.

그리고 그걸 위해서는 그가 마교 본성을 완벽하게 손에 쥐게 만들어선 안 된다.

한시가 급한 지금, 이곳에 온 목적을 달성한 이상 괜한 의미 없는 시간을 보낼 이유는 없었다.

환야가 비설을 다시금 슬쩍 바라보고는 곧바로 말을 이었다.

"그럼 말씀하신 대로 삼사일 정도 더 기다리면서 비설이 회복하도록 도와야겠군요."

"그럴 생각이야."

이곳 자하도에서 나간다고 끝이 아니다.

오히려 바깥에서는 더 큰 싸움이 기다리고 있고, 그렇게 된다면 비설은 몸을 회복할 시간적 여유가 없을 것이다.

상황이 이렇다 보니 흑풍을 기다릴 남은 며칠간이 그녀가 가장 푹 쉴 수 있는 시간일 수밖에 없었다.

어느 정도 이곳 자하도에서의 일정에 대한 이야기를 끝마친 환야가 이내 조심스레 물었다.

"안에 들어가셨던 일은 잘 끝나신 겁니까?"

"응. 안에 괴팍한 노인네가 한 명 있어서 고생 꽤나 했지만."

"괴팍한 노인네라뇨? 천마의 무덤에 누가 있단 말입니까?"

환야가 이상하다는 듯 물었다.

이곳은 천마의 무덤이고, 그 안에 누가 있다는 사실이 선뜻 이해가 가지 않아서였다. 그런 그를 향해 혁련휘가 말했다.

"천마의 무덤 안에 누가 있었겠어. 당연히 천마지."

무덤덤하니 말하는 혁련휘였지만 듣는 이들에겐 그렇지 않았다.

환야가 깜짝 놀란 얼굴로 혁련휘를 응시했다. 그렇지만 놀란 건 비단 그뿐만이 아니었다. 이곳의 묘지기인 금명 또한 생각지도 못한 이야기에 귀를 쫑긋 세운 채로 그들의 대화에 집중했다.

환야가 말했다.

"천마라뇨? 그자가 아직까지도 살아 있다는 건 말이 안 되는데……."

이미 수백 년 전의 사람인 천마가 어찌 아직까지 살아 있을 수 있단 말인가. 그런 환야의 말에 혁련휘가 짧게 답했다.

"정확하게 말하자면 진짜 천마라기보다는 그가 남겨 둔 마지막 정신이 진법 안에 살아 있었던 거지."

"그게 가능합니까?"

"보기 전까지는 나도 그런 게 가능할 거라고는 생각도 못 해 봤어."

믿기 어려웠지만 직접 눈으로 본 이상 그게 가능한지, 아닌지 따지는 것조차 우습다.

안으로 들어간 혁련휘가 진법 안에서 천마를 만났다는 이야기에 놀란 일행들 속에서, 비설이 이내 궁금하다는 듯 물었다.

"그럼 안에서 천마에게 직접 무공을 전수받으신 거예요?"

"……뭐 그렇다고 보긴 해야겠지."

애매모호한 혁련휘의 대답이 돌아왔다.

그런 그에게 비설이 재차 질문을 던졌다.

"구 일 동안 저 안에서 어떻게 지내셨어요?"

비설의 물음에 혁련휘는 잠시 생각을 정리하다 이내 천마의 무덤 안에서 있었던 일들에 대한 이야기를 시작했다.

"그러니까……."

*　　　*　　　*

"어이, 벌써 지친 거냐?"

바닥에 누워 있는 혁련휘의 얼굴 위쪽으로 천마가 고개를 불쑥 들이밀었다. 그런 그의 말투에 혁련휘가 표정을 확 찡그렸다.

혁련휘가 바닥을 짚으며 힘겹게 몸을 일으켜 세웠다. 그러고는 퉁명스러운 말투로 받아쳤다.

"그럴 리가."

자리에서 일어난 혁련휘의 상태는 엉망이었다.

옷 여기저기가 찢겨지다 못해 넝마에 가깝게 되어 있었고, 부상 또한 적잖이 있었다. 거기다가 지친 기색이 역력한 거친 숨까지.

천마와 만난 지 나흘째.

그 나흘 동안 혁련휘는 잠도 자지 못하고 천마와 계속해서 싸워야만 했다. 천마는 혁련휘보다 항상 일정 수준 정도 더 높은 힘을 뿜어내며 그의 공격을 받아 냈다.

마치 신도율과 싸웠던 그때처럼 똑같은 초식으로 맞받아치고 있었던 것이다.

뇌신강림을 펼치면 천마 또한 뇌신강림의 초식을 펼쳤고, 화룡번천이나 수룡십마지를 사용해도 마찬가지였다.

똑같은 무공, 그렇지만 자신보다 뛰어난 파괴력으로 인해 결국 혁련휘는 밀려드는 힘에 대적해야만 했다.

천마가 지친 듯 숨을 몰아쉬는 혁련휘를 향해 답답하다

는 듯 말했다.

"그러니까 내공의 분배가 문제라니까. 조금 더 확 하고 터트리면 오죽 좋아?"

허리를 슬쩍 굽힌 채로 헐떡이고 있던 혁련휘가 그런 천마의 말에 갑자기 발을 굴렀다. 그의 몸이 순식간에 천마를 향해 쏘아져 나갔다.

파멸혼에 맺힌 뇌기가 순간적으로 터져 나왔다.

그런 그의 기민한 움직임에 천마 또한 눈을 빛내며 자신의 손에 들린 또 다른 파멸혼으로 맞받아쳤다.

강렬한 힘이 충돌하며 생겨난 여파로 둘 사이에서 커다란 후폭풍이 밀려들었다.

쿠웅!

둘의 몸이 동시에 밀려 나갔다.

혁련휘가 거칠게 바닥을 구른 데 비해 천마는 멀쩡히 두 발로 버텨 냈다.

그가 크게 소리쳤다.

"그래! 아까보다 훨씬 낫군. 역시 넌 예전 그놈들보다 가르치는 보람이 있어서 좋단 말이야."

좋다는 듯 떠드는 천마를 보며 바닥에 쓰러졌던 혁련휘가 다시금 힘겹게 일어났다.

자신은 계속되는 대결에 지쳐 갔지만 천마는 아니었다.

애초에 정신만이 남아 있는 상황, 그런 그에게 지친다는 건 있을 수 없는 일이었다.

바닥을 구르며 생겨난 얼굴의 상처에서 흐르는 피를 손등으로 닦아 내던 혁련휘가 힐끔 천마를 바라봤다.

천마가 말하는 그놈들이 누군지 잘 알았으니까.

사천광마(邪天狂魔), 신타옹(神陀翁), 칠성마군(七星魔君)을 말하는 것이다.

천마의 이후 세대를 주름잡았던 전설의 고수들.

그들은 천마에게서 일정 시간 이상 가르침을 받은 이들이었다.

수백 년의 시간이 지났음에도 불구하고 아직까지 마교에 알려져 있을 정도로 대단한 자들이었지만…… 천마에겐 그렇지 않은 모양이었다.

천마는 그들을 가리켜 이렇게 불렀다.

머저리들이라고.

그리고 또 입버릇처럼 말했다.

"아니, 왜 이걸 못 할까?"

천마가 자신에게 하는 걸 보면 그 셋에게도 어떤 식으로 가르쳤을지는 불 보듯 뻔했다.

마교의 창시자 천마.

그는 천재였다.

그런 그에게 딱 하나 모자란 점이 있었으니, 그건 다름 아닌 남을 가르치는 것이었다.

그 이유는 간단했다.

너무나 뛰어났으니까.

그랬기에 천마는 보통 사람들의 생각이나 행동을 쉽사리 이해하지 못했다.

예를 들자면 굳이 설명하지 않고 손을 휘두르는 걸 보여 주는 것만으로 천마는 모든 걸 다 가르쳐 줬다고 생각한다.

자신은 그것만으로도 이미 많은 걸 느낄 수 있으니까. 그렇지만 막상 배우는 입장에서는 죽을 맛이 아닐 수 없었다.

그저 손을 움직이는 것만을 보여 주며 그 안에 담긴 내공의 흐름이나, 또 힘의 분배 같은 건 전혀 설명해 주지 않았으니 이해할 수 없는 게 당연했다.

허나 천마의 가르침은 언제나 그랬고, 재능이 있다 알려졌던 과거의 셋조차도 그런 그의 방식을 따라오기는 무리였다.

그랬던 천마에게 지금 혁련휘라는 존재는 무척이나 흥미가 있을 수밖에 없었다.

그는 놀랍게도 자신의 가르침의 속도를 따라오고 있었으니까.

그저 손을 휘두르고, 말 한마디를 던지는 것만으로도 그 안에 담긴 중요한 것들마저도 읽어 낸다.

그런 혁련휘와 마주하고 뭔가를 전수해 주는 지금의 이 순간들이 재미가 있을 수밖에 없었다.

상대를 가르치면서 즐겁다는 감정을 느낀다는 것은 천마에게도 생전 처음 해 보는 경험이었다.

그 탓에 천마는 무척이나 들떠 있었다.

그리고 그런 천마의 즐거움으로 인해 당사자인 혁련휘는 죽어 나갈 수밖에 없었다.

가까스로 일어나 있는 혁련휘를 향해 천마가 재촉했다.

"좀 나아지긴 했지만 그래도 아직 한참 모자라. 이래서 시간 안에 해낼 수 있겠어?"

천마의 목소리에 혁련휘가 길게 숨을 내쉬었다.

"후우."

쉴 틈은 없었다.

그리고 지금 자신을 향해 재미있다는 듯 눈을 빛내고 있는 천마를 보고 있노라니 쉬고 싶다는 말을 꺼낼 생각조차 들지 않는다.

저 여유 있는 얼굴에 한 방 먹여 주지 않고서는 혁련휘 성격상 쉽사리 속이 풀리지 않았으니까.

가까스로 숨을 고른 혁련휘가 파멸혼을 들어 올렸다.

도발을 하긴 했지만 사실 천마는 혁련휘가 지칠 대로 지쳤다 생각했다.

살아 있는 인간인 이상 지치는 건 당연한 일이었으니까.

알면서도 조금이라도 더 싸울 투지를 불태우게 하기 위해 던졌던 도발이었을 뿐이다.

그런데 그 도발에 상대가 응답했다.

'재미있는 녀석.'

놀란 감정을 숨긴 채로 천마가 입을 열었다.

"그 꼬락서니로 어디 파멸혼이나 휘두를 수나 있겠어? 그냥 못 하겠다고 이실직고하시지?"

"사실은 당신이 지쳐서 쉬고 싶은 건 아니고?"

"내가? 푸하하. 이거 어처구니없는 소리로군그래. 아직 날 지치게 하려면 천 년은 멀었다."

"그 말 쏙 들어가게 만들어 주지."

말을 마친 혁련휘가 다시금 파멸혼에 힘을 불어 넣었다.

많이 지쳤음에도 불구하고 처음 이곳에 들어왔을 때보다 확연하게 커진 불꽃이 혁련휘의 파멸혼을 집어삼켰다.

천마의 말도 안 되는 가르침.

그렇지만 그 가르침을 이해하고, 따라가는 순간 이미 혁련휘의 무공인 아수라는 계속해서 단계를 넘어섰다.

그리고 그 단계를 거듭 진화해 나감으로써 점점 천마의 마지막 무공인 진아수라를 향해 다가가고 있었다.

천마가 씨익 웃으며 손가락을 까닥였다.

"오너라, 꼬마야."

꼬마라는 말에 표정을 구긴 채로 혁련휘가 날아들었다.

그리고 그런 그를 향해 마찬가지로 손에 들린 파멸혼을 휘두르는 천마의 얼굴에는 어린아이 같은 웃음이 걸려 있었다.

9장. 진아수라

— 그런 놈이라면 여기서 죽어라

천마와 만난 지 여드레째 되는 날.

혁련휘는 바닥에 널브러져 있었다.

눈을 감고 있는 그는 잠에 빠져 있는 게 아니다. 조금 전 천마와의 격돌에서 충격을 받고 그대로 혼절한 상황이었던 것이다.

잠시간 기절해 있던 혁련휘가 퍼뜩 정신을 차리며 자리에서 벌떡 일어났다:

그런 혁련휘와 약 이 장 정도 떨어진 곳에 천마는 말없이 앉아 있었다.

그가 자리에서 일어난 혁련휘를 힐끔 쳐다보며 말했다.

"한참을 기절해 있어서 죽었나 확인해 보려 했는데, 그건 아닌 모양이군."

"……내가 얼마나 기절해 있던 거요?"

천마를 향한 혁련휘의 말투는 한층 공손해져 있었다.

팔 일이나 되는 시간 동안 싸우기만 했을 뿐이거늘 그것만으로 상대에 대한 말투가 바뀌었다.

천마라는 무인의 능력에 자신도 모르게 빠져든 탓이다.

대단한 능력자.

비단 진법 안이라 지치지 않는 게 문제가 아니다. 그의 가르침 덕분에 혁련휘는 자신이 여태까지 몰랐던 아수라의 새로운 힘을 익혀 가고 있었다.

그런 깨우침을 주는 상대에게 점점 공손해지는 건 어쩌면 당연한 것일지도 모르겠다.

얼마나 기절해 있었냐는 질문에 천마가 답했다.

"반 시진(한 시간) 정도?"

그리 길지 않은 시간 동안 기절했다는 사실을 알고서야 혁련휘는 안도의 한숨을 내쉬었다. 금명에게 전해 들었던 이곳에서 지낼 수 있는 시간은 고작 열흘뿐이다.

그 시간이 지나면 결코 나올 수 없는 곳이기에 한시가 급했다.

혁련휘가 자리에서 일어났다.

그가 여전히 앉아 있는 천마를 슬쩍 바라보며 말했다.

"언제까지 미적거릴 생각이오?"

"뭐야? 바로 하려고?"

"이제 이틀밖에 시간이 없으니까."

말을 내뱉은 혁련휘는 가볍게 어깨를 풀었다.

기절이긴 했지만 그래도 반 시진이라도 눈을 붙이니 그나마 몸은 더 나아진 기분이다.

혁련휘의 대답을 들은 천마가 뒷머리를 긁적였다.

"그런가? 벌써 팔 일이나 지났군그래."

너무나 즐거웠기에 시간 가는 것도 잘 몰랐던 천마다. 가르치는 재미에 빠져서 살다 보니 시간이 마치 쏘아진 화살처럼 빠르게 지나가 버렸다.

팔 일이 되었다는 사실을 떠올리며 천마는 혁련휘의 상태를 확인했다.

여태까지 천마는 계속해서 혁련휘가 지닌 아수라 본연의 힘을 늘리는 데 집중했다.

그렇지만 그것만으로 진아수라가 완성되는 건 아니었다.

천마가 자리에서 일어났고, 그런 그의 이어지는 공격을 받기라도 하려는 듯 혁련휘가 경계할 때였다.

다가오던 그가 손을 들어 올리며 말했다.

"이제 그건 됐고, 새로운 훈련을 시작하지. 본격적으로 들어갈 테니 각오 단단히 하라고."

"……그럼 여태까지 한 건 뭐요?"

"이 정도야 맛보기였지. 겨우 이 정도로 진아수라를 얻을 수 있다 생각했어?"

사실 혁련휘는 진아수라라는 무공이 정확히 어떤 건지 아직까지 알지 못했다.

왜냐하면 무림에 단 한 번도 나온 적 없는 무공이고, 그것과 관련한 그 어떠한 것도 전해 듣거나 보지도 못했으니까.

그랬기에 막연하게 천마가 시키는 대로 행동했다.

그리고 혹시나 진아수라가 아수라를 보다 강하게 만드는 것인가 하는 생각을 하기도 했지만…… 그건 조금 틀린 생각이었다.

진아수라는 아수라를 토대로 하고는 있지만 기본적으로 다른 성질의 무공이었으니까.

가까이 다가온 천마가 혁련휘에게 말했다.

"자, 여기 우선 가부좌부터 틀고 앉아."

천마의 말에 혁련휘는 의아해하면서도 곧 시키는 대로 바닥에 가부좌를 틀고 앉았다. 그를 향해 천마가 말을 이었다.

"눈을 감고 정신과 호흡을 한 점에 집중시켜."

천마의 말대로 혁련휘는 눈을 감은 채로 길게 숨을 내쉬었다. 그리고 모든 정신을 끌어모으고 있는 그때였다.

가만히 그런 혁련휘를 내려다보던 천마가 손가락을 움직였다. 그의 긴 손가락이 혁련휘의 미간 한쪽을 두드렸다.

투웅.

가벼운 충격.

그렇지만 그 순간 혁련휘의 머리를 시작으로 하여 내공이 물밀 듯 쏟아져 들어왔다.

"크윽!"

깨어질 것만 같은 고통에 혁련휘가 표정을 구길 때였다.

그의 뒤편에 자리한 천마가 빠르게 소리쳤다.

"지금부터 내가 시키는 대로 운기조식을 시작해."

말을 마친 천마는 그대로 손바닥을 혁련휘의 등에 가져다 댔다.

그러고는 그가 말을 이었다.

"백회혈에서 시작한 기운을 대추혈까지 빠르게 회전시켜. 그렇게 커지기 시작한 기운을 근축혈까지 이동시키되, 가로막는 기운이 있으면 최대한 부드럽게 운공을 이어 가도록. 그리고……."

천마의 이야기는 계속 이어졌다.

그의 입에서 몸 안에 있는 수많은 혈도의 이름들이 줄지어 쏟아져 나왔고, 혁련휘는 그가 시키는 대로 내공을 움직였다.

몸 안에서 봇물 터지듯 쏟아지기 시작한 내공들이 천마의 말대로 하자 거짓말처럼 하나의 물줄기가 된 듯 흐르기 시작했다.

물론 그 내공의 양이 엄청났기에 혁련휘의 몸에서는 연신 땀이 흘러내렸다.

조금만 실수를 한다면 하나의 물줄기처럼 흐르는 내공은 언제 그랬냐는 듯 온몸의 기혈을 뒤틀며 날뛸 것이다.

그리고 혁련휘의 등에 손을 댄 천마는 몸 안에서 움직이는 내공들의 길을 열어 주고 있었다.

수십 개의 혈도들을 어떻게 해야 하는지 한 번 만에 말을 끝냈던 천마가 이내 천천히 혁련휘의 등에서 손을 떼며 재차 말했다.

"그럼 지금 내가 알려 준 대로 계속해서 내공을 움직여. 익숙해져야 할 테니까."

말을 마친 천마는 더는 할 말이 없다는 듯이 뒤로 물러났다.

그의 모습을 아마 다른 이가 봤다면 놀라 까무러쳤을지도 모르겠다.

수십 개의 혈도를 단 한 번 빠르게 불러 주고, 각자의 위치에서 내공의 움직임에 대해서도 길게 설명하지 않았다.

조금이라도 다른 길로 들어서는 순간 목숨이 위험한 일이거늘 천마에겐 이것이 가르침의 전부였다.

천마가 악의를 가지고 이같이 위험한 방식으로 가르침을 주는 건 분명 아니었다.

그저 자신의 기준으론 이 정도라면 충분히 기억할 수 있다 여기는 탓이다.

천재의 방식.

그리고 혁련휘 또한 속으로 이를 갈면서도 이런 그의 가르침을 또 따르고 있었다.

혁련휘는 머릿속에 남아 있는 천마의 목소리를 되짚으며 천천히, 그러면서도 확실하게 새로운 내공의 움직임을 익혀 갔다.

가부좌를 틀고 앉은 지 무려 하루가 지났다.

그 긴 시간 동안 혁련휘는 미동조차 하지 않았고, 천마는 자리에 누운 채로 그를 묵묵히 바라만 보고 있을 뿐이었다.

처음엔 다소 힘겨워하며 땀을 쏟아 내던 혁련휘였지만 점점 익숙해지기 시작했는지 얼굴에는 평온함이 찾아오기 시작했다.

그리고 이윽고 하루가 지났을 무렵에는 그의 등 뒤로 새하얀 광채마저 터져 나오고 있었다.

새로운 경지에 조금씩 들어서고 있다는 증거였다.

하루가 넘는 긴 시간을 미동도 않던 혁련휘의 입술이 꿈틀거리며 이내 열린 틈 사이로 자그마한 목소리가 흘러나왔다.

"후우."

정돈된 숨과 함께 천천히 눈을 뜬 혁련휘에게서 뜨거운 기운이 흘러넘치고 있었다. 그 모습에 천마의 입가에 슬며시 미소가 걸렸다.

마교에 있을 당시 함께 늙어 가던 이들이, 말년이 되어서 제자를 키우는 데 열중하는 걸 보며 천마는 전혀 이해할 수가 없었다.

너무나 궁금해서 몇 명에게 어느 정도 가르침을 내려 보긴 했지만…… 단 한 번도 그게 재미있다 여긴 적은 없었다.

오히려 이런 재미없는 일에 열중인 수하들을 미쳤다고까지 생각할 정도였다.

그런데 이제는 알았다.

왜 그때 재미가 없었는지를.

따라오지 못해서다.

자신의 말을, 가르침에 그 누구 하나 기대에 부응하지 못했으니 재미가 없었던 거다. 그런데 혁련휘는 달랐다.

고작 구 일을 함께했거늘 자신이 말하는 그 모든 것들을 쑥쑥 빨아들이고 있다.

하루가 다르게 변해 가는 모습을 보고 있자니 자신도 모르게 흐뭇한 미소를 감추기 어려웠다.

천마가 말을 걸었다.

"몸은 좀 어때?"

"……꽤 좋소."

며칠간 제대로 쉬지도 못하던 중 긴 운기조식은 혁련휘에게 피로를 풀 수 있는 기회도 되어 주었다.

덕분에 그는 체력적으로도 처음 이곳에 들어왔을 때처럼 완벽하게 회복되어 있었다.

회복한 혁련휘를 바라보던 천마가 천천히 고개를 끄덕였다.

"몸 상태도 다시 좋아졌으니…… 마지막 가르침을 줘야 할 시간이 왔군."

마지막 가르침이라는 말에 혁련휘의 표정이 한층 더 진지해졌다.

그런 그의 눈동자와 마주한 채로 천마가 천천히 입을 열었다.

"진아수라가 어떠한 무공이냐고 묻는다면 그것은 창조이자 파괴라고 대답할 수 있겠군."

천마는 전혀 반대되는 두 가지의 단어를 내뱉었다.

하지만 그게 무엇인지 설명하기보다 천마는 직접 몸으로 보여 주려 하고 있었다.

그가 천천히 손을 뻗었다.

"진아수라의 핵심. 그것은 바로……."

우우우웅.

낮은 울음소리가 천마의 손바닥 주변에서 천천히 퍼져 나갔다.

그리고 이내 그 힘을 완벽하게 형성해 낸 천마가 입을 열었다.

"진공이다."

말을 하며 내뻗은 천마의 손에서는 매섭게 회전하던 무형의 기운이 기다렸다는 듯 터져 나갔다.

그리고 그 순간 가만히 서 있던 혁련휘의 균형이 무너졌다.

그의 몸이 마치 무엇인가에 이끌리듯 빠르게 빨려 들어가고 있었다.

혁련휘의 몸이 순식간에 천마의 지척까지 다가왔다.

순식간에 혁련휘의 옷자락이 그 안으로 빨려 들었고, 동시에 옷이 터져 나갔다.

순간 천마가 힘을 거두었기에 망정이지 그렇지 않다면

무슨 일이 벌어졌을지 상상조차 하고 싶지 않았다.

놀란 듯 눈을 크게 치켜뜬 혁련휘를 보며 천마가 피식 웃으며 말했다.

"아직 놀라기엔 이르지."

천마가 몸을 돌려 손바닥을 움직였다.

그러자 저 멀리에 위치하고 있던 집채만 한 바위에서 갑자기 눈에 보이는 변화가 시작됐다.

크드득.

소리와 함께 커다란 바위가 순식간에 쪼그라들기 시작하더니 이내 손톱보다도 작게 응축되어 버렸다.

그 놀라운 광경을 말없이 지켜보던 혁련휘를 향해 몸을 돌린 천마가 입을 열었다.

"이게 바로 초진공이다."

진공 상태를 더욱 극으로 만들어 그 안에 있는 모든 걸 압력 차로 짓뭉개고, 공간마저도 일그러지게 만들 수 있는 힘.

그걸 천마는 초진공이라 불렀다.

순식간에 빨려 들게 만들고 옷자락마저 터져 버리게 만들었던 진공, 그리고 멀리 떨어진 저 커다란 바위를 손톱보다 작게 짓눌러 버린 초진공까지.

천마는 자신의 손을 내려다보며 천천히 말을 이었다.

"단 두 개의 초식. 그렇지만 난 장담한다."

지척까지 끌려와 있던 혁련휘에게 천마의 시선이 향했다. 거의 얼굴이 닿을 정도로 가까워진 둘 사이, 천마가 말했다.

"이것이 천하제일의 무공이라고."

말을 하는 천마의 목소리에 담긴 확신.

꿀꺽.

혁련휘의 침을 삼키는 소리가 유독 크게 들려왔다.

천마가 가까이에 있는 혁련휘의 어깨를 가볍게 두어 번 두드리더니 이내 뒤쪽으로 걸음을 옮겼다. 그리고 이 장 정도의 거리를 벌리고 나서야 몸을 돌려 다시금 혁련휘와 마주했다.

그가 입을 열었다.

"자, 그럼 내가 보여 줄 건 다 보여 줬으니 이젠 네 차례다."

"……뭐요?"

며칠 동안 보아 온 탓에 천마의 가르침이 어떠한 방식인지 너무도 잘 알게 된 혁련휘다. 알 수 없는 불안감이 스쳐 지나가는 바로 그 순간 그런 그의 걱정은 현실로 나타났다.

후욱.

갑자기 둘을 감싸며 피어오른 불줄기.

그리고 이내 그 불꽃은 진법 안에서 끝도 없이 치솟아 올랐고, 혁련휘의 주변을 완벽하게 뒤덮었다.

뜨거운 열기가 혁련휘에게 밀려들었다.

불의 벽은 그 두께를 계속해서 더해 가더니 이내 온 세상이 화마에 뒤덮였다.

혁련휘는 밀려드는 열기에 황급히 팔을 들어 코와 입 부분을 가렸다.

숨을 쉬기조차 힘들 정도의 열기가 쉼 없이 쏟아져 들어왔다.

거리가 적당히 떨어져 있음에도 불구하고 치솟은 불기둥에서 느껴지는 열기는 살마저 익게 만들 정도였다.

진법 안이기에 가능한 상황.

혁련휘가 황급히 소리쳤다.

"이게 무슨……!"

"널 아끼니까 특별히 미리 하나만 말해 주지. 풍신갑으로도 빠져나올 수 없는 불꽃이야. 괜히 풍신갑으로 어떻게 해 봐야지 하고 들어갔다가는 통구이가 될 테니까 절대 그러지 말고."

말을 하는 천마는 혁련휘와 달리 너무도 멀쩡해 보였다.

애초에 이곳은 천마가 만든 세상, 진법 안에 있는 이상 그는 어떠한 피해도 입지 않았다.

천마가 천천히 불길 속으로 걸어 들어갔다.

이토록 멀리 떨어져 있음에도 불구하고 혁련휘를 옴짝달싹 못 하게 만들던 지독한 불길은 천마에게는 그 어떠한 영향도 끼치지 못하고 있었다.

불길 가운데에 선 천마가 혁련휘를 향해 말했다.

"부숴라. 이 불꽃을 네 손으로 부숴 버리라고. 만약 그러지 못한다면…… 넌 죽겠지. 하지만 상관없다. 겨우 그 정도인 놈이었을 뿐이라는 소리니까. 만약 며칠 동안 내가 가르친 네가 고작 그런 놈이라면…… 이곳에서 죽어도 아까울 것이 없겠지."

혁련휘를 향해 고개를 돌린 천마의 얼굴은 여태까지와는 다르게 냉혹해 보였다.

하지만 이것은 진심이었다.

그리고 그 순간 불길 속에 서 있던 천마의 모습이 거짓말처럼 사라지기 시작했다.

그가 사라진 방향을 말없이 바라보던 혁련휘가 이내 세상 모든 걸 뒤덮은 끔찍한 불길을 향해 시선을 돌렸다.

세상 끝까지 치솟은 불기둥, 그리고 사방을 에워싼 채로 타오르는 그 불길은 아주 조금씩이지만 천천히 혁련휘를 향해 다가오고 있었다.

'진퇴양난이로군.'

시간이 지날수록 상황은 더욱 최악으로 치닫게 될 것이다.

천마가 내린 마지막 관문.

그걸 알기에 혁련휘는 코와 입을 가리고 있던 손을 천천히 내렸다.

이걸 뚫지 못한다면 그에게 내일은 없다.

이곳에서 살아 나갈 자격…… 그것은 혁련휘 스스로가 만들어야만 했다.

조금씩 거리를 좁혀 들어오는 불길.

그걸 바라보는 혁련휘의 머리는 복잡할 수밖에 없었다.

천마가 진아수라를 보여 주고 난 이후 이 같은 시험에 들게 한 건, 이곳을 빠져나가기 위해서는 그 힘을 구현해야 한다는 걸 의미했다.

그렇지만 단 한 번 눈으로 본 것만으로 어찌 그걸 구현해 낼 수 있단 말인가.

천마의 방식에 치가 떨렸지만 지금은 그런 것에 죽는소리를 하고 있을 여유가 없었다.

혁련휘는 우선 빠르게 풍신의 힘을 불러일으켰다.

천마의 말대로 풍신갑을 두르고 불길 속으로 뛰어드는 짓을 대신하여 그 힘을 정면으로 쏘아 냈다.

후우웅!

거친 바람 소리가 불길을 휩쓸었다.

그렇지만 진법 안에서 만들어진 그 불기둥들은 전혀 아랑곳하지 않고 타올랐다.

아주 잠시 흔들리기만 했을 뿐 나갈 수 있는 길이 열리지는 않았다.

풍신의 힘이 실패하자 혁련휘는 또 다른 힘을 뿜어냈다.

이번엔 주변으로 피어오르기 시작한 물줄기들이 빠르게 불꽃을 집어삼켰다.

촤악.

불을 꺼 버리기 위해 쏟아진 물.

그렇지만 너무도 압도적인 불길은 오히려 그 물줄기들을 수증기로 만들어 버렸다. 순식간에 주변을 뒤덮는 수증기 속에서 혁련휘는 이번엔 오히려 파멸혼에 불꽃을 휘감았다.

'보다 강한 불길이라면······.'

파멸혼에 실린 불꽃을 한 점으로 쏘아 보내 보았지만 결과는 다르지 않았다.

무슨 일이 있기라도 했냐는 듯이 불꽃은 다시금 넘실거리며 거리를 좁혀 왔다.

지닌 모든 아수라의 힘을 동원했거늘 조금도 변하지 않는 불꽃을 보며 혁련휘가 입술을 꽉 깨물었다.

'통하지 않는다. 역시나 진아수라의 힘만으로 뚫을 수 있다 이건가?'

도대체 그 진공이나 초진공이라는 힘은 어떻게 쓰라고 하는 것인지 기가 찼다.

그저 눈으로 한 번 보여 주고 따라 하라고 한 걸까?

만약 그렇다면 그건 말도 되지 않는다.

그런 초상승의 무공을 단순히 눈으로 보는 것만으로 따라 할 수는 없으니 말이다.

생각이 거기까지 미치자 혁련휘는 한 가지 생각을 떠올렸다.

'……분명 그는 나에게 가르쳐 줬다.'

그것이 말이 아닌 행동이었을진 모르겠지만 분명 천마는 자신에게 진아수라로 향하는 뭔가 단서를 줬을 거라는 확신이 있었다.

그는 괴팍하지만 최소한 불가능한 걸 시키진 않았을 거라는 막연한 믿음이 있어서다.

천마가 했던 모든 행동과 말들.

그걸 기억하기 위해 혁련휘는 자리에 앉았다.

그러고는 곰곰이 그가 했던 수많은 것들을 기억하려 애썼다.

점점 시간이 흐르고 불길은 가까워졌다.

당연히 그 뜨거운 열기로 인해 살갗은 이제 뜨겁다 못해 따가워질 정도였다.

무인이었기에 버틸 수 있었지 보통 사람이었다면 아마 오래전에 이 열기에 익어 버려도 이상할 게 없었다.

다가오는 불꽃.

그리고 불꽃이 마침내 일 장 정도의 거리까지 좁혀져 왔다.

옷마저 녹아내릴 것만 같은 열기.

조금씩 다가오는 불꽃은 혁련휘의 죽음을 의미하고 있었다.

'죽고 싶지 않아'

이곳에서 죽고 싶은 생각은 없었다.

살아야 한다.

살아야 할 이유를 찾으면 수십, 아니 수백 가지가 넘을지도 모르겠다.

예전의 혁련휘에게 삶이란 그저 살아 있기에 이어 가는 그런 것에 불과했다. 그렇지만 이젠 아니다. 살아서 해야 할 게, 하고 싶은 게 너무도 많았기에 살아야겠다.

살아야 하는 이유에 분명 복수도 있었다.

혁리원, 그리고 이제는 혁무조의 복수까지 해야 한다. 그렇지만 그런 복수만이 혁련휘를 움직이는 전부는 아니었다.

환야와 달치, 부의민. 그리고…… 비설.

이들 하나하나가 이젠 혁련휘에겐 살아갈 이유가 되고 있었다.

어둠만이 가득했던 자신의 삶에 빛이 되어 준 한 여인.

자신이 다치지 않고 돌아오길 간절히 바라는 그녀를 위해서라도 혁련휘는 반드시 살아야만 했다.

'생각해 내야 한다.'

이 불길을 막아 내는 방법은 이미 자신의 머릿속에 있다.

조금씩 더 다가오는 불길.

그렇지만 혁련휘는 오히려 눈을 감은 채로 모든 신경을 다른 쪽으로 집중했다.

다가오기 시작한 불꽃이 급기야 혁련휘의 등 부분까지 넘실거리기 시작했다.

불에 지진 듯한 고통.

그렇지만 혁련휘는 감은 눈을 뜨지 않았다.

생각, 그리고 또 생각만이 머리에 맴돈다.

이곳에 들어온 이후 천마와의 모든 일들을 기억해 내던 혁련휘의 머릿속에 번개처럼 하나의 큰 기둥이 세워졌고, 그걸 기준으로 하여 수많은 이야기들이 마치 가지처럼 달리기 시작했다.

천마는 계속해서 말해 왔다.

아수라의 힘을 보다 폭발적으로 터트리라고. 천마는 그 말을 마치 입에 달린 것처럼 말하곤 했다. 그리고 어제 가르쳐 주었던 혈도에 따른 내공의 움직임까지도 떠올랐다.

그 모든 것이 아무런 이유가 없지는 않을 터.

혁련휘의 머릿속으로 순식간에 많은 생각들이 떠올랐다가 이내 하나로 뒤엉켰다.

폭발, 새로운 내공의 길.

그리고…… 아수라까지.

세 가지가 하나가 되는 순간 혁련휘의 전신이 부르르 떨렸다.

진공 상태에 있어 가장 중요한 건 바로 회전력이다.

그 회전력을 만들어 줘야 할 힘, 그건 바로 아수라다.

불길은 이미 혁련휘를 옴짝달싹하지 못할 정도로 다가온 상황. 그 상황에서 혁련휘가 번쩍 눈을 치켜떴다.

이제 코앞까지 다가온 불길을 눈으로 보고도 혁련휘는 침착하게 생각을 정리했다.

만약 지금 자신이 생각한 것이 맞다면?

더는 고민할 시간 따위는 없었다.

혁련휘의 몸 안에서 아수라의 기본이 되는 네 가지의 성질인 불과 번개, 그리고 물과 바람의 힘을 동시에 몸 안에서 충돌시켰다.

평소였다면 그 충격을 이기지 못하고 몸 안에 있는 장기들이 터지거나 혼절했겠지만 천마에게 배웠던 방법으로 혈도를 따라 그 힘들을 움직이자 고통은 느껴지지 않았다.

동시에 몸 안에서 뒤섞인 그 힘은 전혀 느껴 보지 못한 또 다른 뭔가를 만들어 내고 있었다.

순간 단전을 기준으로 하여 몸 전체가 따뜻해짐을 느꼈다.

그리고 그 힘은 견디지 못하겠다는 듯 바깥으로 천천히 뿜어져 나왔다.

보이지 않는 무형의 기운이 혁련휘의 손바닥 위로 아주 자그마한 모습을 드러냈다.

그렇지만 그 힘이 조금씩 회전하기 시작하더니 이내 혁련휘는 자신의 손이 묵직해짐을 느꼈다. 자그맣던 힘이 점점 커지는 걸 느낀 혁련휘가 천천히 손을 앞으로 내뻗었다.

이미 지척까지 다가온 불기둥 속으로 오히려 손을 내뻗는 형세가 되어 버린 것이다.

기겁할 만한 상황.

그렇지만······.

손을 뻗는 것과 동시에 혁련휘의 손 주변을 집어삼키려던 불길들이 오히려 손아귀로 빨려 들어가고 있었다.

쏴아아아!

그렇지만 그건 시작에 불과했다.

조금씩 빨려 들어가기 시작한 불의 기운이 이내 엄청난 속도로 혁련휘의 손바닥 안으로 사라져 갔다.

세상을 뒤덮었던 엄청난 불기둥들이 자그마한 손아귀 안으로 사라지는 건 순식간이었다.

그리고 그와 동시에 주변을 뒤덮고 있던 뜨거운 열기마저 거짓말처럼 사라졌다.

모든 것이 사라진 진법 안에 남은 건 선선한 한 줄기의 바람뿐이었다.

밀려드는 바람이 뜨겁게 달아오른 혁련휘의 몸을 식혀 주는 그 순간, 사라졌던 천마가 모습을 드러냈다.

스윽.

하늘에서 뚝 떨어져 내린 그를 확인한 혁련휘가 천천히 자리에서 일어났다.

그러고는 방금 전 자신이 해 놓고도 믿기지 않았는지 스스로의 손을 바라봤다.

이 손안으로 그 엄청난 불기둥들이 모두 흡수되듯 사라져 버렸다.

진아수라의 초진공의 단계를 열어 버린 덕분에 벌어진 일이었다.

놀란 듯 서 있는 혁련휘를 향해 다시금 미소를 머금은 천마가 말을 걸었다.

"성공했구나. 기분이 어떠냐?"

"……모르겠소."

이건 뭐라고 표현해야 할까?

이것은 여태까지 혁련휘가 알아 왔던 그 어떠한 무공과도 그 궤를 달리하는 것이었다.

그랬기에 선뜻 충격이 가시진 않았지만 하나 확신한 건 있었다.

천마를 향해 혁련휘가 말했다.

"인정해야겠소. 당신 말대로 진아수라가 천하제일의 무공이라는 그 말만큼은."

"그거야 당연하지! 누구의 무공인데."

뭐 그리도 당연한 소리를 하냐는 듯이 소리친 천마가 이내 자신의 머리를 쓸어 올렸다.

천마도 알고 있었다.

자신의 이런 방식이 어디에서도 환영받을 수 없다는 사실을.

그럼에도 불구하고 천마는 자신의 고집대로 혁련휘에게 무공을 전수했다.

최소한 자신의 무공을 이어받을 자라면 이 정도는 해야

한다는 그런 확고한 신념이 있어서다.

그랬기에 대견했다.

모두가 욕하고 따르지 못했던 자신의 방식에 한 치의 오차도 없이 모든 걸 해내 준 혁련휘라는 존재가.

천마가 슬그머니 입을 열었다.

"네 녀석 조금 일찍 태어나지 그랬더냐."

"……?"

무슨 소리냐는 듯 바라보는 혁련휘를 향해 천마는 그저 말없이 미소만 보일 뿐이었다.

차마 입에 올리지 못한 한마디의 말.

'내가 살아 있을 때 제자로 만났다면 오죽 좋았을꼬.'

그랬다면 참으로 재미있었을 텐데.

더욱 오랜 시간을 함께하고 싶다는 욕심이 든다.

그렇지만…….

혁련휘의 앞에 서 있던 천마의 환영이 점점 뿌옇게 변해 가기 시작했다.

모든 일을 끝내는 그 순간부터 이 공간과 함께 점점 사라져 가고 있는 것이다.

투명해져 가는 자신의 손을 바라보는 천마의 얼굴에 슬픈 미소가 걸렸다.

'나에게 주어진 시간이 이제 끝났나 보군.'

애초에 진아수라를 전수할 상대를 찾기 위해 마지막 정신을 이곳에 남겨 뒀던 것이다. 그 일을 끝내게 되니 더는 이 진법도, 천마의 환영도 이곳에 남아 있을 이유는 없었다.

희뿌옇게 변하는 천마의 모습에 혁련휘는 잠시 놀라긴 했지만 이내 상황을 알아차린 듯 입을 굳게 닫았다.

구 일이라는 시간.

그렇지만 그 짧은 시간 동안 혁련휘는 너무도 많은 걸 받았다.

천마가 그런 혁련휘를 앞에 둔 채로 슬그머니 입을 열었다.

"다른 놈들도 가르쳤지만 난 그들을 한 번도 내 제자라 여기지도, 부르지도 않았다."

그만큼 아랫사람들에게 엄격했고, 스스로에 대한 자부심으로 가득했던 무인인 천마.

그런 천마가 인정하게 된 한 사내.

혁련휘를 바라보던 천마가 씩 웃으며 말을 이었다.

"네가 바로 나의 첫 제자이자, 마지막 제자다. 그러니…… 자부심을 가져도 좋다."

쿠르릉.

말을 끝내는 순간 진법이 무너져 내림과 동시에 위쪽에

서 빛이 쏟아져 들어왔다. 그리고 그 빛을 올려다보던 천마가 중얼거렸다.

"……이제야 진짜로 쉴 수 있겠구나."

천마는 그 마지막 말과 함께 빛으로 감싸이며 그 모습 자체가 완전히 사라져 버렸다. 그렇게 천마가 사라지는 순간 혁련휘의 주변에 펼쳐져 있던 진법 또한 거짓말처럼 무너져 내렸다.

스르륵.

주변의 모든 광경이 변하고 혁련휘는 넓은 공간 안에 홀로 서 있을 뿐이었다.

그리고 그런 혁련휘의 앞에는 커다란 묘비가 자리하고 있었다.

천마가 이곳에 묻혔다는 걸 알리는 묘비 하나만이.

묘비에 잠시 시선을 줬던 혁련휘는 천천히 자신의 손을 내려다봤다.

놀랍게도 진법 안에서 엉망이 되었던 몸은 완벽하게 멀쩡해져 있었다.

심지어 찢겨졌던 옷들 또한 들어서기 직전의 원래 모습으로 돌아간 상황이었다.

이 진법 안에서 있었던 모든 일들이 마치 거짓말이었다고 말하는 것처럼.

하지만…….

웅웅웅!

손바닥 위를 타고 혁련휘의 새로운 힘이 꿈틀거렸다.

천마와의 기억들이, 그리고 또 그에게 받은 무공인 진아수라가 말해 주고 있었다.

꿈이 아니라고.

그 안에서 혁련휘는 마교의 창시자인 천마를 만났었고, 그에게 많은 걸 배웠다고.

혁련휘의 시선이 앞쪽에 있는 묘비로 향했다.

천마가 잠들어 있는 그곳.

그의 웃는 얼굴을 떠올린 혁련휘가 짧게 포권을 취해 보였다.

"많이 배우고 가오."

〈다음 권에 계속〉